Kate Walker

Venganza en La Toscana

WITHDRAWN

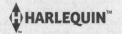

Editado por Harlequin Ibérica.
Una división de HarperCollins Ibérica, S.A.
Núñez de Balboa, 56
28001 Madrid

© 2015 Kate Walker
© 2015 Harlequin Ibérica, una división de HarperCollins Ibérica, S.A.
Venganza en La Toscana, n.º 2408 - 26.8.15
Título original: Olivero's Outrageous Proposal
Publicada originalmente por Mills & Boon®, Ltd., Londres.

I.S.B.N.: 978-84-687-6233-3
Depósito legal: M-18606-2015
Impresión en CPI (Barcelona)
Fecha impresion para Argentina: 22.2.16
Distribuidor exclusivo para España: LOGISTA
Distribuidor para México: CODIPLYRSA
Distribuidores para Argentina: Interior, DGP, S.A. Alvarado 2118.
Cap. Fed./Buenos Aires y Gran Buenos Aires, VACCARO HNOS.

Capítulo 1

ALYSE estaba a punto de renunciar a su plan y de decidir que aquella idea había sido una completa locura cuando lo vio. Se había planteado marcharse incluso antes de que empezara aquel deslumbrante baile benéfico, pero, de pronto, la multitud que la rodeaba se apartó ligeramente, formando un pasillo que llevaba directamente desde donde estaba ella hasta aquel hombre alto y moreno que se hallaba en el lado opuesto del salón.

Sé quedó sin aliento y fue consciente de que había abierto los ojos de par en par mientras apartaba un mechón de pelo rubio dorado de su frente. Aquel hombre era...

–Perfecto...

La palabra escapó involuntariamente de entre sus labios.

Aquel hombre parecía tan diferente que casi resultaba extraño. Sobresalía entre los asistentes como una especie de gran águila negra en medio de un montón de coloridos pavos reales. Pertenecían a la misma especie, pero él era completamente distinto a los demás.

Y aquella diferencia fue lo que atrajo como un irresistible imán la mirada de Alyse. Incluso la copa de champán que estaba a punto de llevarse a los labios quedó paralizada a escasos centímetros de estos.

Era un hombre deslumbrante. No había otra palabra para describirlo. Alto y fuerte, su esbelto y poderoso físico hacía que pareciera un ser peligrosamente indomable en contraste con la elegante seda de su traje y el inmaculado blanco de su camisa. En algún momento se había aflojado la corbata y se había desabrochado el botón superior de la camisa, como si necesitara más espacio para respirar en aquel abarrotado entorno. Llevaba el pelo más largo que cualquiera de los demás hombres que lo rodeaban, como la melena de un poderoso león. Tenía los pómulos ligeramente rasgados y unas largas y oscuras pestañas ocultaban el fuego de su mirada. La leve sonrisa que esbozaban sus labios resultaba mucho más desdeñosa que cálida.

Y era precisamente aquello lo que lo hacía perfecto. El suave pero evidente indicio de que, como ella, no pertenecía aquel lugar. Aunque Alyse dudaba de que lo hubieran presionado como a ella para asistir a aquel baile. Su padre había insistido en que acudiera allí aquella noche, aunque ella habría preferido quedarse en casa.

—Tienes que salir un poco después de pasarte todo el día encerrada en esa galería de arte.

—¡A mí me gusta pasar el día en la galería! —había protestado Alyse. Tal vez no fuera el trabajo al que había aspirado en el mundo del arte, pero ganaba su propio dinero y suponía una liberación cuando las exigencias de la enfermedad de su madre parecían cubrir como una nube oscura todo lo que la rodeaba.

–Pero nunca conocerás a nadie a menos que te relaciones socialmente.

Alyse sabía que con aquel «nadie» su padre se refería a Marcus Kavanaugh, el hombre que había convertido últimamente su vida en un infierno con sus atenciones no deseadas, sus insistentes visitas y su empeño en convencerla de que se casara con él. Incluso había empezado a presentarse en su pequeña galería, el único lugar en el que lograba encontrar alguna paz. Y, al parecer, su padre había decidido que aquel matrimonio sería perfecto para ella.

–Puede que sea el hijo y heredero de tu jefe, pero no es mi tipo, papá –había protestado Alyse, pero era evidente que su padre no iba a escucharla.

Finalmente, harta de la presión, había decidido acudir al baile y utilizar el acontecimiento como una forma de salir del aprieto en que se encontraba. Y allí era donde entraba en escena el desconocido al que acababa de ver.

Era evidente que aquel hombre no se sentía allí fuera de lugar, como ella. Su porte y el elegante traje que vestía encajaban a la perfección en aquel entorno, y su expresión denotaba que no le importaba nada lo que los demás pudieran pensar de él. Y aquello le confería una ventaja añadida para convertirse en la necesaria pareja que Alyse esperaba encontrar aquella noche.

«Su compañero de crimen», pensó.

Fue como si aquel pensamiento hubiera escapado de su mente hasta alcanzar al hombre que se hallaba frente a ella, porque de repente este se revolvió como si algo acabara de alertarlo. Su leonina cabeza giró y su mirada se encontró con la de Alyse

Alyse sintió de pronto que el mundo se tambaleaba a su alrededor y tuvo que apoyar una mano contra la pared que tenía a sus espaldas.

Peligro.

Aquella palabra resonó con intensidad en su cabeza, haciéndolo morderse el labio inferior con una sensación mezcla de pánico y excitación. Quería encontrar una manera de librarse de la persecución a la que la tenía sometida Marcus, y sería genial lograrlo divirtiéndose un poco de paso... al menos si la palabra «diversión» era la adecuada para describir el burbujeo que aquel hombre había despertado en su cuerpo.

En el momento en que sus miradas se habían encontrado Alyse había inclinado involuntariamente su copa y algunas gotas de champán se habían derramado sobre la seda azul de su vestido.

–Oh, no –murmuró a la vez que bajaba la mirada.

Tenía un pañuelo en el bolso, pero cuando intentó sacarlo mientras seguía sosteniendo la copa solo logró empeorar las cosas y el líquido volvió a derramarse sobre la parte alta de sus pechos, expuesta por el generoso escote de su vestido.

–Permítame.

La voz que escuchó a su lado sonó calmada, suave como la seda. Alyse apenas tuvo tiempo de reconocer que se trataba de una profunda voz masculina con un precioso acento antes de que un par de manos largas, fuertes y bronceadas, tomaran la copa y el bolso que sostenía para dejarlos en una mesita cercana. A continuación, el hombre sacó un inmaculado pañuelo de su bolsillo y lo presionó contra la mojada cintura del vestido de Alyse.

–Gra... gracias –balbuceó ella, esforzándose por recuperar la compostura. Pero, a pesar de sus esfuerzos, no pudo evitar tambalearse ligeramente sobre aquellos zapatos de tacón absurdamente altos que no estaba acostumbrada a ponerse.

–Tranquila –murmuró el hombre a la vez que la tomaba de la mano para ayudarla a mantener el equilibrio.

–Gracias –repitió Alyse, que escuchó con alivio el tono firme de su propia voz. Aquello le dio valor para alzar la mirada...

Y casi perder de nuevo el equilibrio al encontrase ante los ojos más intensamente azules que había visto en su vida, profundos, claros y brillantes como el Mediterráneo iluminado por el sol del mediodía.

El hombre que hacía un momento se hallaba en el otro extremo del salón estaba a su lado, grande, oscuro e inquietante. El calor que emanaba de su cuerpo parecía envolverla, así como el aroma de su piel que, mezclado con el de una penetrante colonia, le produjo una especie de intoxicación sensual.

–Tú... –murmuró a la vez que liberaba su mano para aferrarse al fuerte brazo que tenía a su lado. Al sentir el poder de los músculos que había bajo la manga de la chaqueta, algo parecido a una llamarada recorrió todas sus terminaciones nerviosas, amenazando con hacerle perder de nuevo la compostura.

–Yo... –confirmó el hombre con una ambigua sonrisa antes de volver a ponerse en acción con el pañuelo–. Será mejor secar esto antes de que estropee el vestido –murmuró.

–Oh, sí...

¿Qué más podía decir?, se preguntó Alyse. ¿Y a quién? Tenía la sensación de habitar en una especie de burbuja privada, en un mundo propio al que apenas llegaba el murmullo de las conversaciones de los demás asistentes a la fiesta.

El hombre inclinó su orgullosa y oscura cabeza mientras se concentraba en la tarea de limpiar el vino. Estaba tan cerca que Alyse temió que pudiera escuchar los intensos latidos de su corazón mientras deslizaba el pañuelo por el escote de su vestido y cruzaba el punto en que la seda azul se encontraba con la cremosa y ruborizada piel de sus pechos.

El movimiento fue suave, casi delicado, pero Alyse lo sintió a la vez como una invasión demasiado íntima para el momento y el lugar en que se encontraban.

–Creo que con eso bastará...

Quería darse la vuelta y salir corriendo, conmocionada por cómo le estaba afectando la cercanía de aquel hombre. Pero al mismo tiempo quería más, más caricias, más cercanas...

–Ya estoy bien... gracias.

–Sí, creo que ya está –el hombre estaba tan cerca que su aliento agitó los mechones rubios que se curvaban tras la oreja de Alyse–. Así que tal vez podríamos empezar de nuevo.

El precioso acento de su voz fue acompañado de una sonrisa que se reflejó en la curva de sus labios. Pero sus ojos azules tenían una expresión más fría, más indagadora, que hizo que Alyse se sintiera como un espécimen sometido a observación bajo un microscopio.

–O, más bien, empezar –continuó él–. Me llamo Dario Olivero –dijo a la vez que ofrecía su mano a Alyse en un gesto que resultó un tanto absurdo después de la intimidad que acababan de compartir. Su voz sonó extrañamente áspera, como si se le hubiera secado repentinamente la garganta.

–Alyse Gregory... –Alyse se humedeció instintivamente los labios al sentirlos repentinamente secos y vio que el hombre bajaba su mirada azul hacia ellos. Habría podido jurar que las comisuras de su preciosa y firme boca se curvaron ligeramente en respuesta. Pensó que aquella debía ser la expresión de un tigre al ver cómo se ponía a temblar en su presencia el cervatillo que estaba a punto de devorar.

Pero incluso aquel pensamiento se esfumó de su

mente cuando él tomó su mano para estrecharla. Fue como si nadie le hubiera dado nunca la mano. Al menos, nunca había experimentado nada parecido a las oleadas de calor que se expandieron desde su mano al resto de su cuerpo. Las sensaciones e imágenes que aquello generó en su mente resultaron totalmente licenciosas, indecentes en un lugar público como aquel y con alguien a quien acababa de conocer.

Nunca había experimentado nada semejante a aquello con ningún otro hombre.

Pero al menos sabía cómo se llamaba. Y ya había oído hablar de Dario Olivero, por supuesto. ¿Quién no? Sus viñedos y el vino que producía eran conocidos en todo el mundo.

–Alyse... –repitió él, y su tono transformó aquel nombre en un sonido increíblemente sensual, curvando ambas sílabas en torno a su lengua y haciendo que parecieran casi una caricia. Pero su mirada pareció contradecir la suavidad de aquel sonido. Por un instante se volvió acerada, penetrante, pero su rostro volvió a relajarse enseguida con una breve y deslumbrante sonrisa.

Alyse Gregory. El nombre resonó en la cabeza de Dario. De manera que aquella era *lady* Alyse Gregory. Le habían dicho que estaría allí, en el baile. Aquel era el único motivo por el que había soportado el aburrimiento que había presidido la tarde, aunque le había divertido observar a los demás invitados, ver sus falsas sonrisas, sus besos en el aire, sin contacto, que no significaban nada.

Tiempo atrás, él no habría podido cruzar el umbral de entrada a aquel exclusivo baile benéfico, y tampoco habría podido mezclarse con aquella gente adinerada y cargada de títulos. Si lo hubiera intentado, lo habrían echado sin contemplaciones. Por la puerta trasera, una puerta con la que estuvo muy familiarizado mientras trabajaba como recadero para las bodegas Coretti, el lugar en que tuvo su primer trabajo y que lo puso en el camino del éxito.

Tal vez habría tenido acceso como el hijo bastardo de Henry Kavanaugh si su padre lo hubiera reconocido alguna vez, por supuesto. El mero hecho de pensar aquello hizo que un amargo sabor subiera a su garganta. La esperanza que tuvo en otra época de que llegara a suceder aquello ya había desaparecido por completo de su mente. Aquella noche estaba allí. Aceptado, bienvenido por sí mismo como Dario Olivero, dueño de los viñedos más importantes de La Toscana, productor y exportador de los vinos que los ricos y poderosos querían tener a toda costa en sus mesas en acontecimientos como aquel...

Un hombre que se había labrado su propio camino y había conquistado su propia fortuna. Y, por supuesto, el dinero hablaba.

Pero no era aquel el motivo que lo había llevado allí aquella noche. Había acudido a aquella gala benéfica para conocer a una mujer... a aquella mujer.

–Hola, Alyse Gregory –necesitó hacer verdaderos esfuerzos para ocultar en su tono de voz la mezcla de satisfacción y sorpresa que estaba experimentando.

Había esperado que fuera una mujer guapa, por supuesto. Marcus no se dejaría ver en un acontecimiento como aquel con una mujer que fuera menos que una supermodelo, aunque tuviera el título que ambos Kavanaugh, padre e hijo legítimo, consideraban tan importante.

Pero Alyse Gregory no se parecía nada al tipo de mujeres con que solía salir Marcus. Ciertamente era alta, rubia y preciosa, pero además había algo diferente en ella. Algo inesperado.

Era mucho menos artificial que el tipo de palillos pintados con los que le gustaba retratarse a Marcus. Además tenía curvas; curvas reales, no de silicona, como la última modelo con la que había salido. Los breves momentos que había pasado Dario secando el vino de la cremosa piel expuesta por el escote del vestido de Alyse habían hecho que el pulso se le acelerara y que los pantalones le resultaran incómodamente tensos por debajo de la cintura. El aroma de su cuerpo, mezclado con el de un perfume delicadamente floral, lo había envuelto en una bruma de intensa sensualidad. Y cuando una solitaria gota se había deslizado entre el valle de sus pechos se le había secado por completo la garganta y había tenido que tragar saliva para poder decirle su nombre.

Y en aquellos momentos estaba a punto de hacer el tonto sujetándole la mano durante tanto tiempo.

—Disculpa...

—Hola, Dario...

Ambos hablaron al mismo tiempo y la repentina liberación de la tensión que había en el ambiente les hizo reír. Alyse dejó caer su mano a un lado mientras buscaba con la mirada el bolso que Dario había dejado en la mesa cercana.

–Gracias por haber acudido en mi ayuda.

–Ya me dirigía hacia ti antes de eso –dijo Dario, incapaz de reprimir la verdad.

–Ah ¿sí? –Alyse echó atrás su rubia cabeza y miró a Dario con el ceño ligeramente fruncido a causa del desconcierto.

–Por supuesto –la espontánea sonrisa de Dario hizo que los labios de Alyse se curvaran en respuesta–. Y lo sabías.

–Ah ¿sí? –el afilado tono de voz de Alyse reveló a Dario que iba a echarse atrás. Aquello, y el desafiante gesto con que alzó levemente la barbilla. Iba a negar el evidente chispazo que había surgido entre ellos cuando sus miradas se habían encontrado, un chispazo que le había hecho dirigirse de inmediato hacia ella antes de pararse a pensar en lo que estaba haciendo, algo totalmente atípico en él. No tenía por costumbre actuar siguiendo sus impulsos inmediatos y, sin embargo, acababa de hacerlo.

Ni siquiera tenía la excusa de que Alyse era la mujer a la que había acudido a buscar en la fiesta. Cuando había avanzado como un autómata hacia ella no tenía idea de que se trataba de Alyse Gregory. Y estaba seguro de que a ella le había sucedido lo mismo.

–Ah ¿sí? –repitió Alyse en tono retador.

Dario vio cómo volvía sus preciosos ojos verdes hacia la salida del salón. Debía estar buscando un camino de escape, y le irritó pensar que su cobardía pudiera hacerle negar la verdad.

Pero, de pronto, inesperadamente, Alyse volvió a mirarlo.

—Sí, lo sabía —contestó con una firmeza rayana en el descaro—. Y si tú no hubieras acudido a mí, lo habría hecho yo.

El cambio de actitud fue tal que Dario se sintió como si el eje de la Tierra acabara de inclinarse.

—Así que, ¿podrías decirme qué es lo que te ha hecho encaminarte hacia mí? —añadió Alyse en un tono ligeramente burlón.

Buena pregunta, pensó Dario. Pero sentía que el cerebro se le acababa de licuar mientras su cuerpo reaccionaba de una manera obvia y totalmente independiente.

En aquel momento vio por el rabillo del ojo una cabeza rubia que reconoció de inmediato. Finalmente, Marcus había acudido a la fiesta. Aquello le obligó a recordar que él solo estaba allí para evitar que Marcus llevara a cabo su plan: presentar a su padre una futura nuera con título antes de que acabara la noche. De manera que había que volver al plan A. Aunque, con un poco de suerte, tal vez podría poner en marcha un plan B al mismo tiempo.

—Quería pedirte que bailaras conmigo —dijo, preguntándose qué Alyse Gregory le respondería, y en qué tono.

—Por supuesto.

Era una Alyse completamente distinta... y totalmente desconcertante. Su sonrisa habría bastado
para iluminar el salón en que se encontraban. Pero
había algo extraño en su actitud, algo que sonaba
a falso. Era una sonrisa demasiado brillante, demasiado deslumbrante.

Demasiado.

Pero si aquello era lo que ella estaba dispuesta
a ofrecerle, él estaba dispuesto a aceptarlo. Encajaba perfectamente con lo que tenía planeado. Y
con lo que quería.

—Me encantaría bailar —añadió Alyse a la vez
que alzaba su mano hacia él.

¿Y qué podía haber hecho Dario sino tomarla?

Se volvieron y se encaminaron hacia la pista,
donde estaba sonando un vals. Acababan de ponerse en posición cuando la pieza acabó.

—Vaya...

Alyse rio y lanzó una mirada divertida a sus manos aún unidas, a la cuidadosa posición de sus brazos, pero no hizo nada por apartarse de Dario. En
lugar de ello permaneció donde estaba y lo miró
con sus ojos verde esmeralda.

—Aún quiero bailar...

A Dario le daba igual bailar, pero si hacerlo implicaba seguir en contacto con Alyse, ver cómo su-
bían y bajaban sus pechos al ritmo de su respiración, contemplar como iba y venía el rubor de sus
mejillas, aspirar el delicioso aroma de su cuerpo,
no pensaba ser el primero en apartarse.

Afortunadamente, el siguiente baile fue otro vals

y, tras unos momentos de duda, Alyse comenzó a moverse al ritmo de la música.

«Aún quiero bailar».

Alyse escuchó sus propias palabras resonando en su cabeza, pero apenas las reconoció. No solo había querido bailar, sino que se había sentido abrumada por un anhelo incontrolable de hacerlo con aquel hombre. Había querido sentir sus manos, sus brazos rodeándola. Y aquello no había tenido nada que ver con su idea original de encontrar a alguien que pudiera ayudarla a librarse de Marcus. Su reacción solo había tenido que ver con Dario Olivero y la clase de hombre que era. Desde que sus miradas se habían encontrado se sentía como flotando, como si ya no fuera dueña de su propia mente.

–Dario... –murmuró, pero su voz quedó apagada por la música–. Dario... –repitió, más alto.

Cuando Dario inclinó su oscura cabeza hacia ella y la miró a los ojos, los sentidos de Alyse parecieron agudizarse.

–Bailas... muy bien –fue lo que logró decir–. Más que bien –añadió, y escuchó la ronca risa de Dario junto a su oído.

–Es un poco tarde para darse cuenta de eso, ¿no? –bromeó él con suavidad–. ¿Y si hubiera bailado fatal y te hubiera pisado desde el principio?

«No me habría importado nada».

Alyse tuvo que apretar los labios para que aquellas palabras no salieran de su boca.

–En ese caso, relájate –añadió Dario como si hubiera leído su mente.

–Estoy relajada.

Dario no respondió, al menos verbalmente, pero el modo en que alzó una de sus oscuras cejas para poner en duda las palabras de Alyse hizo que el corazón de esta reaccionara latiendo con más fuerza. Era posible que su mente estuviera flotando a causa de las sensaciones que la embargaban, pero su cuerpo se mantenía recto y firme, como le habían enseñado en las clases de baile que había recibido en el exclusivo colegio al que había asistido. La distancia que había entre sus cuerpos era mínima, apenas apreciable.

Cuando alzó la mirada hacia los ojos azules de su compañero de baile se quedó momentáneamente sin respiración. El azul había sido prácticamente anulado por sus dilatadas pupilas negras, de manera que parecían lagos de cristal negro en los que se vio reflejada, pequeña y vulnerable. Perdió el ritmo por un instante y estuvo a punto de tropezar. De no ser por los fuertes brazos que la sujetaban, probablemente se habría caído.

Pero no fue la vulnerabilidad lo que hizo que los latidos de su corazón arreciaran, sino el hecho de darse cuenta de que él también lo había sentido.

Apenas podía creerlo, pero no había duda de que así era. Dario Olivero, el moreno y peligroso pirata que solo unos minutos antes era un completo desconocido, estaba dominado por la misma y acalorada reacción que ella sentía ardiendo en su in-

terior. Estaba tan excitado como ella, que nunca
había experimentado nada parecido a aquello.

–Dario... –en aquella ocasión su voz surgió
como un auténtico graznido a causa de lo seca que
tenía la garganta.

Los labios de Dario se curvaron en una leve e
indescifrable sonrisa antes de que inclinara su cabeza para apoyar la mejilla contra el lateral de la
cabeza de Alyse.

–Relájate... –susurró.

Lenta pero inexorablemente, atrajo a Alyse hacia sí. El calor de la palma de su mano en la espalda de esta pareció irradiarse por todo su cuerpo.

–Relájate... –repitió, con su hipnótica voz, ligeramente acentuada.

Alyse sintió que se derretía contra él mientras sus
cuerpos se acoplaban. Su aroma la envolvió mientras
se movían al sensual ritmo de la música y Alyse fue
incapaz de no entregarse a las sensaciones que la embargaban. La evidencia de la excitación de Dario
presionada contra su vientre despertó en ella una respuesta profunda, hambrienta, una necesidad mezcla
de placer y doloroso anhelo que exigía ser aplacada.

Pero aún no. No hasta haber disfrutado al má-
ximo de aquella sensación de cercanía, de aquella
intensa conexión.

Dario pensó que tenía mucho valor diciendo a su
compañera de baile que se relajara cuando él sentía
que su cuerpo estaba a punto de estallar, o de sufrir

una combustión espontánea. Todos sus sentidos, cada parte de su cuerpo, estaban concentrados en la mujer que sostenía entre sus brazos, en su aroma, en su piel. Quería más, pero no quería que aquel momento acabara, aunque fuera para hacer con ella algo más visceralmente satisfactorio.

No era aquello lo que había planeado, lo que esperaba que sucediera. Pero en aquellos momentos estaba más que dispuesto a dejarse llevar por la circunstancias. Cualquier intención de desbaratar los planes de Marcus había quedado completamente relegada en su mente.

El vals que estaban bailando dio paso a una balada. Tenía a Alyse tan amoldada a cada curva y plano de su cuerpo que era imposible que no sintiera la firme y tensa evidencia de su deseo presionado contra ella. Sin embargo, Alyse no daba el más mínimo indicio de querer apartarse, sino todo lo contrario, y aquello hizo que el placer de Dario se agudizara hasta un punto casi doloroso.

–Alyse...

Fue solo un gruñido, una nota de advertencia. Aquel elegante y público salón no era el lugar adecuado para una reacción como aquella, tan inmediata, tan intensa, tan ardiente.

–Alyse... –repitió en un ronco e inevitablemente apasionado tono de voz junto a la delicada curva de la oreja de Alyse–. Quiero... Vamos...

–Vamos a algún otro sitio –dijo ella a la vez, con un tono muy parecido–. A algún sitio más privado...

Cuando Alyse se apartó de Dario y deslizó una mano en la suya antes de curvarla con cálida delicadeza en torno a sus dedos, Dario no supo muy bien quién estaba tomando la iniciativa.

Lo único que sabía con certeza era que aquello había sido inevitable desde el momento en que sus miradas se habían encontrado. Estaba escrito en sus destinos, y nada ni nadie iba a poder detenerlo.

Capítulo 2

LA SALA que había junto al salón de baile estaba muy silenciosa en comparación con este. A pesar de que en aquella sala se estaba sirviendo un bufé apenas había aún gente comiendo, y el lugar resultaba inesperadamente frío e incómodo.

–Necesito mi abrigo –dijo Alyse con un estremecimiento a la vez que abría su bolso. Acababa de encontrar el ticket de resguardo del guardarropa cuando Dario se lo quitó de la mano.

–Espera aquí.

Mientras veía cómo se alejaba, Alyse se preguntó si habría sido un gesto de cortesía o de control. No lo sabía y no quería detenerse a pensar en ello. Control era una palabra que asociaba con su padre, o con el comportamiento de Marcus empeñándose en imponerle su presencia, y no quería pensar en ello en aquellos momentos.

Tan solo llevaba dos minutos fuera del salón de baile y la sensación de calor había empezado a evaporarse. Alyse se rodeó instintivamente con los brazos para tratar de recuperar la sensación.

No había querido apartarse de Dario. No había querido salir de la especie de capullo que se había creado en torno a ellos. Desde el instante en que Dario se había apartado de ella, la fría sensación de la realidad había invadido la deliciosa burbuja en que se encontraba.

–¿Qué estoy haciendo? –murmuró.

¿Se estaba planteando realmente salir de allí con él, con un hombre al que apenas hacía una hora que había conocido?

Volvió la mirada hacia la puerta de salida y, por un instante, se balanceó sobre los dedos de los pies como un atleta a punto de salir corriendo. Pero fuera llovía y hacía frío, y iba a necesitar su abrigo... y su abrigo...

Estaba en manos de Dario, que ya se encaminaba hacia ella con la prenda en la mano.

Alyse fue incapaz de dar un paso mientras sus miradas volvían a encontrarse por encima de las cabezas de la gente que los rodeaba. Dario sabía lo que había estado pensando; Alyse lo supo por su ceño ligeramente fruncido, por cómo había entrecerrados su ojos azules.

–¡Helena!

Alyse escuchó a sus espaldas una conocida voz masculina procedente de la entrada de la sala y experimentó una nueva oleada de sensaciones que le hicieron recordar su desesperado plan original: asegurarse de que Marcus la viera con otro hombre. Tal vez así aceptaría por fin un no por respuesta.

Una rápida mirada por encima del hombro confirmó lo que había supuesto. De pronto, lo último que quería era que Marcus la viera con otro. Lo único que quería en aquellos momentos era salir de allí y dejar que aquella tarde que se había vuelto repentinamente mágica continuara siéndolo. Entrando en acción, se volvió hacia Dario.

–Gracias –dijo sin aliento–. Voy a necesitarlo –añadió mientras metía un brazo en la manga del abrigo que sostenía Dario para ella–. ¿Has visto el mal tiempo que hace? Está diluviando.

La sensación de inquietud de Alyse se acrecentó al ver que Dario miraba por encima de su cabeza como si estuviera buscando a alguien, pero enseguida volvió a centrarse en ayudarla a ponerse el abrigo.

«¡Rápido, rápido!», lo alentó Alyse en el silencio de sus pensamientos. «Salgamos de aquí antes de que Marcus intervenga».

–Tendremos que pedir un taxi... –dijo a la vez que pasaba un brazo bajo el de Dario y prácticamente tiraba de él para que se pusiera en marcha–... o acabaremos empapados.

–No será necesario –murmuró Dario a la vez que hacía una seña al portero uniformado que vigilaba la entrada.

Un momento después, un elegante coche negro se detenía a los pies de las amplias escaleras de entrada. Protegidos por el paraguas que sostenía el portero, Alyse entró en la parte posterior del vehículo seguida de Dario. Sin necesidad de que le dieran ninguna instrucción, el chófer puso el vehículo en marcha.

El estado de ánimo de Alyse experimentó un

nuevo vaivén, llevándola de la necesidad de escapar a otro sentimiento aún más inquietante, un sentimiento que la dejó sin aliento y repentinamente helada a pesar del cálido ambiente que reinaba en el interior del vehículo. La determinación de Dario la había inquietado hasta el punto de que casi podía creer que había sido secuestrada, que se la había llevado en contra de su voluntad.

Pero sabía muy bien que no había sido así. La respuesta de sus sentidos a la cercanía de Dario había sido tan intensa, ardiente y abrumadora que, si hubieran podido teletransportarse instantáneamente al lugar al que iban, no habría tenido tiempo de pensar, de permitir que la duda le hubiera impedido seguir adelante.

Pero la aprensión que se estaba adueñando de ella parecía querer destruir la maravillosa y acalorada sensación de que lo que estaba sucediendo era perfectamente correcto, de que aquello era lo que había estado esperando toda su vida.

Volvió la mirada hacia la entrada del hotel que acababan de abandonar. El mal tiempo había hecho que todo el mundo, excepto el portero, se refugiara en el interior. En aquel momento, la puerta se abrió y en el umbral apareció la figura de un hombre que permaneció allí plantado, contemplando cómo se alejaba el coche. La luz que había en la entrada caía de lleno sobre el pelo rubio rojizo del hombre, dejando bien claro de quién se trataba. No podía ser otro.

Marcus Kavanaugh. El hombre cuyo insistente

empeño en convencerla para que se casara con él había hecho de su vida un infierno durante aquellas últimas semanas. Se había esforzado todo lo posible para dejarle claro que no significaba nada para ella, pero no había funcionado. Y había tenido que hacerlo con amabilidad, por supuesto. A fin de cuentas, Marcus era el hijo del jefe de su padre. Pero la amabilidad no había funcionado. Y cuando su padre se había unido a la campaña para convencerla de que se casara con Marcus, insistiendo en que sería la boda del siglo, se había sentido atrapada, arrinconada.

El recuerdo de cómo se había comportado Marcus aquella misma mañana le hizo estremecerse. Aún podía escuchar el amenazador tono de su voz cuando le había dicho que se arrepentiría si seguía dándole largas. Era aquello lo que la había impulsado a planear lo de aquella noche.

Alyse volvió a mirar al frente con un estremecimiento.

–¿Tienes frío? –preguntó Dario a su lado–. Acabas de estremecerte.

–Ah, ¿sí? –el vacuo tono de la conversación hizo pensar a Alyse en lo extraño de la situación. Aquella era la clase de conversación que se mantenía con alguien a quien se acababa de conocer.

Y eso era Dario para ella: un completo desconocido, devastadoramente atractivo, con el que había conectado desde el primer instante. Un desconocido cuyo mero contacto había provocado un incendio en su interior.

Se preguntó si estaría sufriendo una alucinación. No era posible que se produjera una conexión tan intensa en tan poco tiempo. Sin embargo, aquello era lo que había pretendido que sucediera para poder librarse de Marcus.

No pudo evitar una sonrisa al pensar que su plan estaba funcionando y que, en aquellos momentos, Marcus debía estar echando pestes. La sensación de libertad que experimentó tuvo el mismo efecto en su cabeza que un trago de alcohol duro.

–¿Ya te sientes mejor?

Evidentemente, Dario le había visto sonreír y quería una explicación. Pero no pensaba dársela.

–Podría sentirme aún mejor –murmuró a la vez que se deslizaba en el asiento hacia el poderoso cuerpo de Dario Olivero. Necesitaba que la rodeara de nuevo con sus brazos–. Sí –añadió con un suspiro al sentir que la calidez que emanaba de su cuerpo la envolvía y alejaba la aprensión que sentía en su interior–. Así.

Dario no podía ver el rostro de Alyse, pero sabía que seguía sonriendo. Estaba acurrucada junto a él como una gatita y debía ser totalmente consciente del calor que emanaba de su cuerpo, de su excitación, de cómo arreciaban los latidos de su corazón cada vez que se movía, de la inevitable agitación de su respiración. Cuando Alyse alzó ligeramente la cabeza hacia él supo que quería que la besara. Pero aún no.

–Enseguida llegamos –murmuró a la vez que lanzaba una significativa mirada en dirección al chófer para implicar que debían esperar hasta estar solos. Aquello era cierto, pero había algo más.

Quería saber a qué había venido aquella sonrisa, por qué había aparecido en los labios de Alyse cuando había vuelto la mirada hacia el hotel. Allí no había nada para hacerle reír. Tan solo Marcus.

Y Marcus no era precisamente motivo de sonrisas. Sin embargo, Dario no pudo evitar una leve sonrisa al pensar aquello. Marcus había perdido aquella batalla y, con un poco de suerte, también la guerra.

–Ya estamos –dijo, y un instante después el chófer detenía el coche junto a la acera, frente a la entrada de su recién comprado apartamento, que ocupaba toda la planta superior del edificio.

Dario salió del coche y ofreció su mano a Alyse para que lo siguiera.

Antes de cerrar la puerta asomó un momento la cabeza al interior del coche.

–No voy a necesitarte más esta noche, Jose.

Alyse se sintió como flotando mientras entraban en el edificio. Oyó que Dario decía algo al portero, que se hallaba tras un mostrador, y un momento después entraban en un reluciente ascensor. La sensación del brazo de Dario rodeando su cintura, la calidez que transmitía a su piel, hicieron que la aprensión que había sentido en el coche se disolviera. Cuando apoyó la cabeza en su hombro sintió que su aroma la envolvía, reconfortándola, y se entregó al placer de las sensaciones físicas que estaba experimentando.

–Alyse... –aunque habló con suavidad, el tono de Dario resultó ligeramente áspero.

Alyse alzó la mirada hacia él y vio la intensa oscuridad de sus pupilas. Por unos instantes se sintió hipnotizada, incapaz de apartar la mirada. Entreabrió instintivamente los labios y un delicado suspiro escapó de su garganta mientras Dario inclinaba su rostro hacia ella.

El beso fue cálido, delicado, infinitamente seductor. Sin pensar en lo que hacía, Alyse se puso de puntillas para rodear el cuello de Dario con sus brazos y acariciar la parte posterior de su cabeza. Dario la ciñó por la cintura y la atrajo hacía sí para hacerle sentir la dureza de su cuerpo. Los latidos del corazón de Alyse arreciaron, haciendo que la sangre palpitara ardiente por todo su cuerpo.

–Dario...

Cuando Dario deslizó su lengua entre sus labios, Alyse perdió por completo el sentido de dónde estaban. No quería que aquel momento se acabara. Quería que aquella intensa e íntima calidez se prolongara para siempre...

Pero el ascensor llegó en aquel momento a su destino y un instante después las puertas se abrían.

–Ya hemos llegado –murmuró Dario.

De algún modo se las arregló para sacar la llave de su bolsillo sin soltar a Alyse, y un momento después estaban dentro del apartamento.

Alyse apenas tuvo tiempo de adaptarse al cambio de luz ni de mirar a su alrededor mientras Dario se quitaba la chaqueta y la arrojaba a un rincón sin preocuparse por dónde fuera a caer. A continuación volvió a tomarla por los hombros y la atrajo hacía él casi a la fuerza. Pero a Alyse le dio igual. Lo único que le importaba en aquellos momentos era la pasión de aquella boca casi cruel en sus labios, en la piel de su cuello, la presión del poderoso torso de Dario contra sus pechos. Sintió que el calor que emanaba de su cuerpo la envolvía, la invadía, le hacía arder.

—Yo... yo... sí...

Aquello fue todo lo que logró decir cuando Dario apartó un momento sus labios para dejarle respirar antes de seguir besándola a la vez que, medio andando, medio arrastras, la llevó hasta un enorme y oscuro sofá. Antes de tumbarla en este, deslizó una mano tras ella y tiró de la cremallera de su vestido. La liberación de la ligera constricción que ejercía la ropa sobre su cuerpo fue un reflejo de la liberación de sus sentimientos. En el interior de su delicado sujetador de encaje sus pechos parecían palpitar, anhelando la atención de las fuertes manos de Dario.

Un instante después estaba tumbada en el sofá. El peso del cuerpo de Dario sobre el suyo la hundió contra los cojines y un suspiro después sintió que este le hacía separar las piernas introduciendo su muslo entre ambas.

—Dario... —murmuró al sentir su dura y palpable

excitación presionada contra su pelvis, muy cerca del centro de su intimidad más femenina–. Quiero... quiero...

Pero sus palabras fueron repentinamente interrumpidas por un violento sonido. Había alguien fuera del apartamento golpeando la puerta con tal fuerza que casi pareció que quisiera derribarla.

–¿Qué...?

Dario se irguió sobre sus brazos y se quedó momentáneamente paralizado, escuchando.

–¿Quién...? –susurró Alyse, pero Dario la acalló apoyando un dedo sobre sus labios.

–¡Olivero! –el grito fue acompañado de otro golpe en la puerta–. ¡Abre la puerta! ¡Abre ahora mismo!

Dario entrecerró los ojos y miró a Alyse un instante antes de volver de nuevo la mirada hacia la puerta.

–¡Abre, miserable bastardo! ¡Sé que estás ahí, y que Alyse está contigo!

–¡No! –exclamó Alyse sin poder contenerse al reconocer aquella furiosa voz.

–¡No seas cobarde, Olivero! ¡Ábreme la puerta!

–Dario... ¡No!

El grito de Alyse fue sofocado por otro violento puñetazo contra la puerta mientras Dario se ponía en pie. Evidentemente, el último insulto había sido demasiado para él.

Sin molestarse en pasar una mano por su revuelto pelo ni en alisar su arrugada ropa, Dario fue hasta la puerta y la abrió de par en par con violenta ferocidad.

–¿Y bien?

El momentáneo silencio que siguió a su aparición en el umbral, la amenazadora dureza con pronunció aquellas dos palabras, hizo que Alyse experimentara un escalofrío. Desde donde estaba podía ver la puerta y al hombre que se hallaba tras esta. No se había equivocado. El pelo rubio rojizo, el rostro, casi escarlata a causa de la furia, los destellantes ojos azules eran inconfundibles. El intruso no era otro que Marcus Kavanaugh.

¿Pero qué estaba haciendo allí? ¿Y cómo era posible que estuviera allí?

Lo había visto en la entrada del hotel cuando ya se alejaba en el coche de Dario, y no era posible que hubiera tenido tiempo de tomar un taxi para seguirlos hasta allí, de manera que ¿cómo era posible...?

–Alyse...

Marcus había vuelto su mirada hacia ella y, horrorizada, Alyse se puso en pie. Era posible que hubiera querido hacerle entender de una vez que no quería saber nada de él... pero no de aquel modo.

–¿Qué diablos estás haciendo aquí?

–Yo creo que eso es evidente.

El tono ligeramente jocoso de Dario fue aún peor que la enrojecida expresión de furia de Marcus, y Alyse se hizo repentinamente consciente del aspecto que debía tener.

Intensamente ruborizada, tiró hacia abajo de la

falda de su vestido y luego trató de ponerse la parte
de arriba, pero las manos le temblaban tanto que
fue incapaz de subirse la cremallera. Cuando trató
de llamar la atención de Dario con la mirada y con
las cejas para hacerle ver que necesitaba ayuda,
este se limitó a mirarla inexpresivamente. O no había entendido, o...

Alyse sintió que su corazón se detenía un instante. ¿Era posible que Dario supiera lo que le
preocupaba pero que no tuviera ninguna intención
de ayudarla? Eso parecía.

–Yo... Esto no es lo que piensas, Marcus...

Alyse se interrumpió al ver que Dario le dedicaba
una mirada totalmente despectiva, como si no pudiera creer que acabara de decir algo tan estúpido.
Y, tras escucharse a sí misma, Alyse tampoco fue
capaz de creer que hubiera dicho aquello. Solo había
una interpretación posible para la escena con que se
había encontrado Marcus. También era la escena
que había querido ofrecerle, pero eso había sido antes de la oscura y peligrosa furia que de pronto había
surgido en torno a ella... y antes de que Dario hubiera mostrado su evidente distanciamiento.

–¿Y qué otra cosa podría pensar? –espetó Marcus venenosamente–. A menos que pretendas decirme que te estaba forzando.

–Yo... él... No, no pretendo decir eso... –Alyse
se interrumpió sin saber qué decir, y rogó fervien-
temente para que Dario dijera algo para la tensión
que se había generado entre los tres.

Pero tras el diabólico matiz de humor y el desprecio con que la había mirado hacía unos momentos, permanecía paralizado, con los brazos cruzados, observando en silencio la escena que se desarrollaba frente a él.

–Aunque no me habría extrañado en un hombre de su reputación –dijo Marcus, dejando a Alyse anonadada.

–¿Re... reputación? –logró decir, perpleja por el hecho de que Marcus pareciera saber más de Dario que ella misma.

Pero Marcus no la estaba escuchando. En lugar de ello dirigió su venenosa atención hacia el propio Dario.

–A fin de cuentas salió de las cloacas gracias a una madre que se entregaba a cualquiera...

Fue un movimiento apenas perceptible. El poderoso cuerpo de Dario se tensó, al igual que sus puños, a la vez que daba un pequeño paso adelante. Aquello bastó para que Marcus interrumpiera a medias sus insultantes palabras. Era evidente que no le parecía recomendable irritar aún más a Dario, por mucho que estuviera deseando hacerlo.

Alyse había querido darle la impresión de que estaba saliendo con otro hombre, tal vez incluso de que se estaba acostando con otro, para que la dejara en paz de una vez.

Pero no era aquella situación la que había anticipado. Por un lado, y a pesar de lo furioso que estaba, Marcus no parecía tener intención de darse la vuelta y marcharse, como ella había imaginado que haría cuando se enterara.

Y en cuanto a Dario...

Alyse se arriesgó a mirarlo. La hostilidad y furia que percibió en su actitud le provocó un escalofrío. Las chispas que estaban saltando entre los dos hombres le hicieron sentirse como una presa por la que dos leones estuvieran a punto de enzarzarse en una pelea.

–Da igual cuál sea mi reputación –dijo Dario, arrastrando las palabras–. Parece que eso a Alyse le da igual, mi *caro fratello*.

Mi... ¿qué? Alyse agitó la cabeza débilmente, incapaz de asimilar lo que creía haber escuchado. La tensión de la situación debía estar haciéndole imaginar cosas. No era posible...

Pero fuera lo que fuese lo que hubiese dicho Dario estaba claro que había sido deliberadamente provocador y que había surtido el efecto deseado, porque el rostro de Marcus se puso lívido de rabia.

–Marcus... –dijo Alyse, desesperada por evitar la pelea que parecía a punto de estallar entre los dos hombres.

Había en el ambiente algo maligno, algo que no lograba entender, pero si al menos lograba evitar que se enzarzaran a golpes...

–Siento que te hayas disgustado tanto, Marcus –continuó–, pero sabes muy bien que nunca te he dicho...

Pero Marcus no la estaba escuchando. Toda su atención estaba centrada en el duro rostro de Dario, que, para asombro de Alyse, esbozó una sonrisa con sus sensuales labios. Una sonrisa que se esfumó de inmediato y que no había sido precisamente cálida.

–Podría matarte...

La amenaza de Marcus, dirigida al impasible rostro de Dario, surgió como un murmullo ronco, feroz. Asustada, Alyse dio un paso hacia ellos y extendió la mano con que se estaba sujetando el vestido.

–Marcus, he tratado de hacerte ver que no hay futuro para nosotros, y he pensado en...

–¿Has pensado en darme una lección?

–No... yo...

Pero la voz de Alyse surgió sin fuerza, sin convicción. ¿No era aquello lo que había pretendido hacer para convencer a Marcus de que ella no era para él, de que no estaba interesada en su inesperada proposición de matrimonio?

–Has querido restregármelo bien en la cara –añadió Marcus en un tono tan cargado de veneno como la mirada que dirigió a Alyse–. Y no podrías haber hecho mejor trabajo, bruja. Supongo que ya sabías que si había algo que pudiera garantizarte que no quisiera saber nada más de ti era que te encontrara haciendo porquerías con mi hermano bastardo.

Capítulo 3

M I HERMANO bastardo».
En aquella ocasión no había error posible, a pesar de la incredulidad de Alyse.
Antes no había estado completamente segura, pero tras escucharlo en inglés ya no podía haber duda.

Pero era imposible. Marcus era un típico inglés imperturbable, de complexión pálida y con unos ojos que lo delataban como un anglosajón puro. No era moreno de tez, como Dario, ni tampoco tenía el pelo negro.

–Hermanastro, para ser más exactos –dijo Dario, aunque fue evidente que le costó reconocer aquella conexión–. Pero definitivamente bastardo.

Al ver la expresión de Alyse, Dario comprendió que no sabía nada de aquello, al menos si la confusión escrita en su pálido rostro era genuina. Al parecer no estaba al tanto del escándalo que la prensa amarilla se encargó de airear cuando él decidió presentarse en casa de los Kavanaugh para cumplir el último deseo de su madre y reclamar ser reconocido por la familia. Pero era imposible que no supiera nada. Cuando el padre de Alyse fue empleado por Marcus y el padre de este, *lady* Alyse

Gregory tuvo que enterarse al menos de algo de lo que estaba pasando.

–Yo...

La incrédula e inquieta mirada de Alyse voló del rostro de Dario al de Marcus y luego de vuelta al de Dario. Su confusión era tan evidente que Dario llegó a la conclusión de que cuando lo había elegido no sabía quién era. Evidentemente, le habría servido cualquier hombre.

Se preguntó si habría sido capaz de seguir hasta el fin si no hubieran sido tan groseramente interrumpidos. ¿O lo habría planeado hasta tal punto que contaba con que Marcus apareciera en aquel momento?

–Y el último hombre cuyas pertenencias querría tocar –dijo Marcus en un tono despectivamente envenenado.

Aquellas palabras dieron en la diana. Dario no pudo evitar sentir una punzada de admiración ante el modo en que Alyse alzó la cabeza a la vez que sus ojos destellaban. Por fin parecía la mujer que realmente era, el producto de años de herencia aristocrática, una mujer con clase, de buena cuna. La mujer que Henry Kavanaugh quería tener como madre de sus nietos.

–¡Yo no pertenezco a nadie! –espetó Alyse–. Y si no te hubieras negado a aceptar un no por respuesta, no me habría visto obligada a...

El ímpetu inicial de sus palabras perdió rápidamente fuerza a la vez que dedicaba una cautelosa mirada a Dario, evidenciando que había comprendido que lo único que estaba haciendo era hundirse más y más en la fosa que ella misma había excavado. Pero su mirada también incluía una petición de ayuda, ayuda que Dario no estaba dispuesto a prestarle.

—No habría tenido que...

El intento de reformular sus palabras no bastó para ablandar a Dario, que pensaba mantenerse al margen hasta que ella decidiera en qué dirección iba a saltar.

—Te arrepentirás de esto —masculló Marcus.

—Ya me he arrepentido.

De manera que se estaban acercando a la verdad. Obviamente, *lady* Alyse Gregory se arrepentía de su indiscreto comportamiento, sobre todo después de averiguar que se había arrojado en brazos de un bastardo.

Y estaba claro que Marcus pensaba lo mismo. De hecho había una sonrisa de triunfo en sus pálidos ojos.

—Además he llegado justo a tiempo y no ha sucedido nada —dijo Marcus a la vez que alargaba una mano hacia Alyse—. Ven conmigo ahora y nos olvidaremos de todo este incidente.

«Movimiento equivocado, hermano», pensó Dario. A pesar de que apenas conocía a Alyse, estaba seguro de que no reaccionaría bien ante el autocrático tono de Marcus.

Alyse Gregory no era precisamente una mascota obediente, algo que se evidenció en la firme línea de sus labios y en el modo en que echó atrás su melena rubia.

–No.

Alyse sabía que no tenía más opción que negarse. Si hubiera podido elegir se habría ido de allí en aquel mismo instante sin volver a mirar a Dario ni a Marcus. No sabía qué se traían entre manos los dos hermanos, pero no tenía ningún deseo de verse en medio de sus peleas.

Pero acceder a irse con Marcus habría supuesto hacerle creer que había ganado, y aquello era lo último que quería. A fin de cuentas, ¿no había hecho todo aquello para asegurarse de que la dejara en paz?

–No –repitió con más firmeza al ver que Marcus no parecía convencido.

–Alyse...

–La dama ha dicho que no –dijo Dario inesperadamente tras ella–. Has perdido, Marcus.

«¡Has perdido!» Si Alyse se había sentido hacía unos momentos como una presa vulnerable, aquel comentario le hizo sentirse como un hueso por el que estuvieran peleando unos perros enrabietados.

¿Qué creía Dario que era? ¿Una especie de trofeo, una muesca más en el cabecero de su cama? En cuanto se libraran de Marcus le haría pagar por ello.

Dario pasó junto a ella y fue hasta la puerta del apartamento.

–Buenas noches, Marcus –dijo a la vez que abría la puerta.

–Juro que te arrepentirás de esto –replicó Marcus en tono amenazante–. Voy a.:.

–Buenas noches, Marcus –interrumpió Dario.

Alyse contuvo el aliento, preguntándose qué pasaría si Marcus se negaba a salir. ¿Tendrían que llamar a la policía?

No quería ni pensar en la reacción de su padre si precisamente aquella noche se veía envuelta en algún escándalo que alcanzara las páginas de la prensa. Le había pedido, prácticamente le había rogado, que no irritara a Kavanaugh, que se esforzara por mantener el nombre de la familia alejado de la prensa amarilla. Aquello destrozaría a su madre, que recientemente había vuelto a caer en una de sus terribles depresiones.

–¡Maldito seas, Olivero! –espetó Marcus, pero a continuación, y para alivio de Alyse, salió del apartamento maldiciendo.

–Por fin –Dario cerró la puerta y se volvió hacia Alyse, sonriente–. No creo que se le ocurra volver por aquí.

–Mmm... –Alyse estaba ocupada recolocándose el vestido, esforzándose por alcanzar la cremallera para recuperar cierto aspecto de normalidad.

–¿Dónde estábamos?

Alyse no había visto a Dario acercándose y dio un respingo al sentir que le tocaba la mejilla.

–¿Qué haces? –exclamó. Cuando Dario alzó una mano para acariciarle el pelo y comprendió a qué se había referido se quedó petrificada–. ¿Crees que... que podemos retomarlo donde lo has dejado?

–¿Por qué no? –Dario parecía genuinamente desconcertado–. ¿Qué ha cambiado?

–¿Pero cómo... cómo...? –Alyse se interrumpió, conmocionada, incrédula, furiosa–. ¿Cómo te atreves a decir que nada ha cambiado?

–¿Atreverme? –repitió Dario peligrosamente–. ¿A qué tengo que atreverme? Ambos sabemos por qué estás aquí... o al menos lo sabíamos hasta que el querido Marcus ha venido a interrumpirnos. Pero ahora que se ha esfumado...

También se había esfumado el ambiente. De la acalorada sensualidad que Alyse había experimentado un rato antes en brazos de Dario había pasado a sentir una amarga decepción, resultado de la fría convicción que acababa de mostrar Dario al creer que podían retomar las cosas donde las habían dejado.

Dario le había hecho sentirse maravillosamente. Sus caricias la habían excitado, sus besos la habían tentado, pero, por encima de todo, le había hecho sentirse preciosa... y especial. Lo había deseado intensamente, y creía que a él le había sucedido lo mismo.

Pero eso había sido antes de que averiguara quién era, antes de verse en medio de la guerra privada en la que estaban enzarzados Marcus y él. No sabía cómo había empezado, pero era evidente que se detestaban y que estaban dispuestos a hacer lo que fuera para ganar al otro. Y Alyse no tenía intención de permitir que Dario Olivero la utilizara para creer que su hermanastro había perdido y él había ganado.

–No creo –dijo a la vez que se apartaba de él y

miraba sus ojos azules. ¿Cómo era posible que no se hubiera dado cuenta de lo fríos que podían ser aquellos ojos? ¿Tan ciega había estado que no había sido capaz de reconocer cuántos se parecían a los de Marcus? Tal vez fueran más profundos, más intensamente azules, pero cuando estaba enfadado se enfriaban de la misma manera.

–¿Qué diablos pasa? –preguntó Dario con el ceño fruncido.

Alyse le sostuvo la mirada.

–¿Aún no lo has captado? –dijo en tono retador–. Nada de todo esto ha sido real. Tan solo se trataba de un poco de diversión.

–Diversión –Dario pronunció aquella palabra con el siseo de una cobra a punto de saltar. Alyse dio un paso atrás para evitar el ataque.

Pero el ataque no se produjo. En lugar de ello, Dario se quedó paralizado ante ella. Su poderoso cuerpo parecía una escultura tallada en piedra.

–¿Y sueles utilizar a menudo a la gente para divertirte?

–Yo no te he utilizado... –Alyse se amilanó ante la intensidad de la mirada de Dario. Ella no lo había utilizado, al menos en el sentido al que él se refería. Pero cuando había puesto en marcha su absurdo plan de llamar la atención de algún hombre...

–Entonces ¿estás diciendo que simplemente has caído colada en mis brazos nada más verme?

Ciertamente, aquello resumía lo sucedido, reconoció Alyse. Pero no estaba dispuesta a admitirlo. Sabía que Dario se consideraba el ganador, y que consideraba a Marcus el perdedor, y no tenía ninguna intención de alimentar más su ego.

–De ilusiones también se vive –dijo en el tono más desdeñoso que pudo.

Lo cierto era que su intención de «utilizar» a algún hombre para llevar a cabo sus planes se había esfumado en cuanto se había encontrado frente a Dario. Había salido volando por la ventana junto con su autocontrol y su sentido de la supervivencia. Y había creído que él había sentido lo mismo. ¿Pero cómo había podido creer que el hombre de rostro duro y gélida mirada que tenía ante sí en aquellos momentos hubiera sido capaz de experimentar la misma clase de pasión incontrolada que se había adueñado de ella?

¿Habría sabido desde le principio quién era ella? ¿Sería posible que incluso el baile hubiera sido cuidadosamente planeado para lograr su propósito? Recordó cómo había entrecerrado los ojos cuando le había dicho su nombre. Dario ya sabía quién era... y, evidentemente, sabía quién era Marcus.

–Quiero irme a casa –dijo Alyse mientras miraba casi con desesperación a su alrededor en busca de su bolso y de sus zapatos de tacón–. Quiero irme a casa –repitió al no obtener respuesta.

–De acuerdo –replicó Dario en tono indiferente.

Si había esperado que pusiera objeciones a su marcha, que hubiera tratado de convencerla para que se quedara, Alyse no podía haber estado más equivocada. Dario se limitó a encogerse de hombros y a señalar con una mano la puerta.

–Ahí está la salida.

Alyse fue a recoger su bolso y sus incómodos zapatos de tacón, aunque no tenía ninguna intención de volver a ponérselos.

–El conserje se ocupará de pedirte un taxi –añadió Dario.

Y eso fue todo. Había desconectado de Alyse tan completamente que lo mismo hubiera dado que ya no estuviera en la habitación. Ya que no había logrado meterla en su cama, que era todo lo que pretendía, lo único que quería era librarse de ella cuanto antes.

–¿Es así como sueles tratar habitualmente a tus citas?

La mirada que dedicó Dario a Alyse habría bastado para congelar hasta su alma. Tras una larga pausa, alzó el dedo índice de su mano derecha.

–En primer lugar, esto no era una cita, sino un mero encuentro fortuito. Y, en segundo lugar, no has llegado a ser mía –Dario no añadió el «gracias a Dios» que, evidentemente, tenía en la punta de la lengua–. Y ahora, ¿te importaría irte de una vez? Tengo cosas que hacer.

Para dejar bien claras sus palabras, Dario abrió el portátil que tenía en una mesa cercana y pulsó una tecla.

Alyse se sintió como si ya no estuviera allí. Sin decir nada más, se encaminó hacia la puerta. Dario ni siquiera se molestó en mirarla mientras salía.

Había escapado por los pelos, admitió Alyse para sí misma cuando la puerta se cerró a sus espaldas. Había captado un peligroso destello en la mirada de Dario antes de volverse hacia la salida, y sabía que debía alegrarse de haber salido de allí ilesa. Esperaba que Marcus no siguiera merodeando por allí, esperándola. Extrañamente, y a pesar de saber que estaría furioso, sabía que su furia no le afectaría tanto como le había afectado la gélida mirada de Dario.

Dario, el hermanastro de Marcus.

¿Cómo era posible que en aquel salón abarrotado de gente se hubiera fijado precisamente en la única persona que podía ponerla en una situación aún peor que la que trataba de evitar?

Pero, a pesar de todo, parecía haber logrado su objetivo y, con un poco de suerte, había convencido a Marcus de que no tenía sentido que siguiera insistiendo en tener una relación con ella.

¿Pero sería aquello realmente el final del asunto? Por algún motivo, tenía la desagradable sensación de que aquello aún no había acabado.

¿Acabaría de escapar de la sartén para caer en el fuego?

Capítulo 4

EL SONIDO del timbre de la puerta era lo último que esperaba escuchar Alice en aquellos momentos.

Y también era lo último que quería. Esperaba que su padre llegara a casa porque su madre había preguntado por él y estaba cada vez más ansiosa, pero no esperaba ninguna otra visita aquella noche.

Su primer impulso fue ignorar la llamada. Su padre tenía la llave y no se molestaría en llamar. Rose y Lucy, sus mejores amigas, estaban esquiando. Había pensado en la posibilidad de irse con ellas, pero finalmente había decidido quedarse a cuidar a su madre. La pobre mujer estaba tan mal de su depresión que Alyse no había acudido aquel día a la galería de arte para poder atenderla.

Afortunadamente, Marcus parecía haber captado el mensaje después de su encuentro en el apartamento de Dario. Llevaba tres días sin pasar por allí y esperaba que no se le hubiera ocurrido reaparecer.

De manera que al principio permaneció sentada con la esperanza de que quién fuera acabara cansándose y se marchara. Pero, al parecer, la inesperada visita no estaba dispuesta a marcharse así como así, y Alyse temió que sus insistentes llamadas al timbre alteraran a su madre.

Mientras se encaminaba con un suspiro hacia la puerta, rogó para que no fuera Marcus de nuevo, aunque, al verse reflejada en el espejo del pasillo, pensó que, dado su aspecto, tal vez saldría corriendo al verla. La sencilla falda roja y la camiseta color crema que vestía no eran precisamente un cebo para las fantasías sexuales de ningún hombre. Además, a aquellas alturas Marcus ya debería haber captado el mensaje.

Las llamadas a la puerta se volvieron más insistentes, como si alguien hubiera apoyado el dedo en el timbre y lo hubiera dejado allí.

–De acuerdo, de acuerdo... ya voy.

Cuando Alyse abrió la puerta contempló horrorizada la oscura figura que ocupaba el umbral.

–¡Tú!

Era posible que Dario Olivero fuera vestido de un modo mucho más informal que el día del baile, pero con la gastada cazadora de cuero, la camiseta azul y los ceñidos vaqueros que vestía no estaba menos impresionante. En todo caso, aquella ropa realzaba la belleza esculpida de sus rasgos.

–Sí, yo.

Dario tuvo que admitir que al principio no la había reconocido. Cuando la puerta se había abierto había pensado que se trataba de alguna empleada doméstica. La sofisticación y el glamour del día del baile habían desaparecido, y el elegante vestido de seda había sido sustituido por una desenfadada falda y una camiseta. Alyse llevaba el pelo suelto en torno a los hombros y, sin maquillaje, su piel irradiaba un brillo fresco y natural que le hacía parecer bastante más joven que los veintitrés años que él sabía que tenía.

Dario había pasado aquellos días esforzándose por olvidar a la mujer que había creído que podía utilizarlo para irritar a su hermanastro. Enfrentado con aquella otra Alyse, tan distinta a la primera, supo sin lugar a dudas duda por qué no había logrado olvidarla. Ella era el motivo por el que estaba allí en aquellos momentos.

Pero a lo largo de los días transcurridos desde su primer encuentro las cosas habían cambiado mucho. Dos días antes se habría sentido satisfecho con haber estropeado el plan de su hermanastro para casarse con Alyse y asegurarse así el favor de su padre. Pero desde entonces había averiguado muchas más cosas sobre lo que estaba sucediendo. Y la llegada de una carta totalmente inesperada, la primera que había recibido de su padre, se había sumado a las cambiantes sombras que había tras lo que estaba sucediendo en la superficie.

No le había sorprendido enterarse de la profundidad de las maquinaciones de su hermano. La intervención de su padre había sido totalmente inesperada. Pero tras haber conocido a Alyse había llegado a la conclusión de que no estaba enterada del oscuro plan para el que trataban de utilizarla. Alyse estaba tan a merced de su propio padre como lo estuvo en otra época del suyo.

Había jurado no volver a permitir que las maquinaciones de su hermano tuvieran éxito. Además, muchos años atrás había hecho una promesa a su madre en el lecho de muerte, una promesa que implicaba que debía responder al más mínimo indicio de intento de reconciliación por parte de su padre biológico, por mucho que le costara.

Y si aquella promesa le daba motivos para volver a ver a la preciosa Alyse Gregory y para incluirla en su vida en sus condiciones, mejor que mejor.

–¿Qué haces aquí? –preguntó Alyse, sin aliento.

Dario esbozó algo parecido a una sonrisa.

–Hola a ti también. Gracias por la bienvenida.

–¡No eres bienvenido!

Alyse no habría podido sentirse más tensa si al abrir la puerta se hubiera encontrado con una pantera negra dispuesta a saltar sobre ella.

–Muy bien.

Dario se volvió con intención de encaminarse de nuevo hacia su coche. Alyse debería haberse sentido agradecida, pero en lugar de ello sintió que se le contraía el estómago y se quedó con la desagradable sensación de estar perdiéndose algo.

A fin de cuentas, Dario tenía que haber acudido allí por algún motivo.

–¡Espera!

Al principio creyó que Dario no la había escuchado, pero, un instante después, Dario se detuvo, se volvió a mirarla por encima del hombro y esperó.

–¿Por qué has venido aquí?

–Quería devolverte algo.

–¿De qué se trata?

Dario se volvió lentamente.

–¿Quieres que lo haga aquí afuera?

–Supongo que será mejor que pases.

Alyse abrió la puerta de par en par y esperó a que Dario pasara al interior. Tras cerrar la puerta se volvió hacia él con los brazos cruzados.

–De acuerdo. ¿Qué es lo que vas a devolverme?

Dario sonrió con expresión de divertido desconcierto al escuchar su tono.

–No estaría mal una taza de café.

–Hay una cafetería a la vuelta de la esquina –replicó Alyse escuetamente.

La mirada de Dario voló hacia la puerta entreabierta de la cocina. Alyse apretó los puños, consciente de que estaba viendo la cafetera que acababa de preparar cuando habían llamado a la puerta. El aroma a café estaba en todas partes.

–¡Un café! –concedió sin ocultar su irritación.

Cuando se volvió, sintió que Dario la seguía como un tigre dispuesto a darle caza.

Abrió una puerta, sacó dos tazas y las dejó con más energía de la necesaria sobre la encimera. Luego tomó la cafetera y, al notar cómo le temblaba la mano, volvió a dejarla en su sitio y giró sobre sí misma. No esperaba encontrar a Dario tan cerca como estaba. Habría querido alargar las manos hacia su pecho para empujarlo, pero no sabía cómo reaccionaría, y tampoco sabía si la tentación de tocar aquellos poderosos músculos, de sentir el calor que emanaba de su piel sería demasiado para ella. De manera que situó sus manos detrás de su cuerpo y aferró con ellas el borde de la encimera para evitar que hicieran algo más peligroso.

–¿Y qué es lo que dices que quieres devolverme? –preguntó enfatizando el «dices» para dejar bien claro que no le había creído.

–Esto.

Dario metió la mano en el bolsillo de su cazadora y luego la extendió hacia ella con la palma hacia arriba. Alyse vio un pequeño objeto dorado y blanco brillando contra su piel.

–¡Mi pendiente!

Era uno de los pendientes que había llevado el día del baile y que no echó de menos hasta que se desvistió aquella noche.

–Debí dejármelo...

–En mi apartamento.

A pesar de que no hubo ningún matiz de triunfo en el tono de Dario, Alyse se sintió como si acabara de perder un escudo protector. Había creído que se trataba de una invención de Dario. Incluso se había permitido creer por un momento que tal vez no había podido olvidarla, que la había deseado mucho más de lo que había dejado entrever, que tal vez quería algo más que una tórrida aventura de una noche...

Sin embargo, se trataba de algo mucho más normal, y Dario se había limitado a acudir a su casa para devolverle el pendiente. Habría hecho lo mismo por cualquier otra persona. No se trataba de un asunto personal con ella.

–Yo...

Alyse sabía que Dario estaba esperando a que se moviera. La observaba atentamente con un brillo de algo parecido a la diversión o al reto en sus ojos azules. Su mano seguía extendida entre ellos, y Alyse supo que quería que se moviera y tomara el pendiente.

Aquello significaría tocarlo. Significaría rozar la piel de la palma de su mano con sus dedos, sentir su calidez...

Al ver la ligera curvatura que adquirieron los labios de Dario supo que la estaba retando. Tenía que moverse o enfrentarse a la acusación de cobardía que sin duda tenía Dario en la punta de la lengua.

–Gracias...

Alyse tragó saliva y movió la mano con la intención de tomar el pendiente sin tocarlo. Pero la intensidad con que la estaba mirando Dario hizo que no coordinara bien sus movimientos y, aunque llegó a tomar el pendiente en sus dedos, se le volvió a caer sobre la palma de la mano de Dario.

–Lo siento...

Dario tuvo que morderse el labio para contener la risa. Alyse se había esforzado mucho para que sus dedos no lo tocaran, en un vano intento por demostrar que no estaba interesado en él.

¿Pero a quién trataba de engañar? Por mucho que tratara de negarlo, ella también había experimentado la llamada que surgió entre ellos desde el primer instante. Seguía allí, en sus ojos, en el rubor de sus preciosos pómulos, en la sequedad de sus labios. Y si tenía alguna duda al respecto, se esfumó cuando vio cómo sacaba la punta de la lengua para humedecer sus carnosos y delicados labios.

El impulso de tomar aquella boca, de saborear su dulzura, fue casi incontrolable para Dario. Pero se obligó a contenerse a la vez que rogaba para que Alyse no se diera cuenta del esfuerzo que le había costado hacerlo. Si la besara, por breve que fuera el beso, sabía que estaría perdido, que luego querría más y más, hasta acabar sumergido en su cuerpo.

Pero había demasiado en juego en aquellos momentos. Deseaba tanto a aquella mujer que casi le dolía, pero aquel no era el único motivo por el que había acudido allí. Alyse era la clave para derrotar de una vez por todas a su hermanastro, y tal vez incluso para abrirle las puertas al mundo de su padre.

—Tu pendiente —dijo, y tuvo que reprimir una sonrisa al ver que Alyse aún dudaba.

Al destello de desafío en la breve mirada que le dirigió Alyse con sus preciosos ojos verdes hizo que Dario deseara tomarla allí mismo. Nunca había tenido que esperar por una mujer, pero en aquella ocasión sabía que la espera merecería la pena. De manera que se limitó a inclinar la mano hacia ella, alentándola a tomar el pendiente.

–Señorita Gregory...

–Gracias –dijo Alyse sin aliento a la vez que tomaba a toda velocidad el pendiente de la palma de Dario.

–De nada –contestó Dario, y sonrió interiormente al ver que Alyse relajaba los hombros ante la formalidad de su tono–. Y ahora, ¿qué tal si tomamos ese café? El mío solo y sin azúcar, por favor.

–Por supuesto...

El café era lo último que quería Dario, pero al menos podría disfrutar un rato de las vistas mientras Alyse se ocupaba de los preparativos.

–¿Has tenido noticias de Marcus últimamente?

La pregunta estuvo a punto de suponer la perdición de Alyse. Creía haberse controlado bastante bien hasta aquel momento, pero con aquella inesperada pregunta Dario estaba amenazando su compostura de un modo muy distinto.

–No –contestó escuetamente mientras se concentraba con todas sus fuerzas en servir el café en las tazas–. Pero tampoco me extraña. Imagino que el lunes por la noche captó el mensaje con toda claridad.

Si la pregunta había sido inquietante, el silencio que siguió a la respuesta de Alyse lo fue aún más.

–¿Tú no crees que captó el mensaje? –preguntó a la vez que se volvía hacia Dario con una taza en la mano.

–Oh, estoy seguro de que Marcus vio exactamente lo que querías que viera. Pero si crees que eso bastará para disuadirlo estás equivocada. Nunca he visto a Marcus renunciar a nada que desea si ha decidido que es para él.

–¿Y qué ha decidido que es para él? –preguntó Alyse a la vez que alargaba la taza hacia Dario. Este la tomó, pero no bebió.

–A ti, por supuesto.

–¿Qué?

Dario estaba bromeando. Tenía que estar bromeando; no podía estar hablando en serio. Pero ni sus ojos ni sus sensuales labios sonreían en lo más mínimo. Su sombría expresión hizo comprender a Alyse que en todo aquello había bastante más de lo que había anticipado. Sin embargo, en aquellos instantes solo era capaz de pensar en la boca de Dario, en su sabor, en los íntimos besos que le había dado.

–Pero yo... el lunes, yo... nosotros le hicimos pensar que...

–No imagines ni por un momento que eso bastará para que Marcus se eche atrás.

–No puede quererme tanto. Es cierto que lleva un tiempo prestándome atención, pero solo últimamente se ha vuelto tan insistente.

Justo antes de que su madre volviera a ponerse mala. Ellen Gregory había entrado en una de las fases eufóricas de su enfermedad mental y no había parado de salir, de asistir a acontecimientos y fiestas a las que no permitía que la acompañaran ni su marido ni su hija. Al cabo de dos semanas, y siguiendo la predecible evolución de su enfermedad, había caído en una profunda depresión que la había llevado a encerrarse en su cuarto y a no querer hablar con nadie. Alyse sabía que aquello también afectaba a su padre, pero en esa ocasión se volvió aún más huraño y encerrado en sí mismo que en las anteriores.

Fue por entonces cuando Marcus empezó a llamarla con regularidad. Y también fue entonces cuando su padre le pidió que diera una oportunidad a aquella relación, que no la rechazara de inmediato. Aunque Alyse no entendió por qué quería su padre que prestara atención a Marcus, lo intentó. A fin de cuentas, se trataba del hijo de su jefe y no quería causarle problemas.

Pero Marcus se volvió demasiado insistente. Cuando empezó a lanzarle indirectas sobre las repercusiones que podría tener que lo rechazara, Alyse decidió que tenía que hacer algo drástico al respecto y planeó su estrategia para la noche del baile. Estaba segura de que si Marcus la veía con otro hombre captaría el mensaje y la dejaría en paz.

Pero Darío acababa de decirle que su hermanastro nunca renunciaba fácilmente a algo que se le hubiera metido entre ceja y ceja.

—No... —Alyse movió la cabeza con preocupación mientras volvía a revivir la sensación de ser un hueso por el que estuvieran peleando dos perros.

—Sí... —Darío dejó la taza del café que aún no había probado en la encimera y alargó una mano hacia ella. Aún desorientada por las inesperadas noticias, Alyse dejó que la tomara por el codo y la llevara al vestíbulo para situarla frente al gran espejo que había en un lateral.

–Mírate –Dario murmuró aquello muy cerca del oído de Alyse, que cerró instintivamente los ojos mientras hacía un auténtico esfuerzo para no apoyarse contra él y dejarse envolver por la calidez que emanaba de su cuerpo. Pero abrió los ojos de inmediato al comprender el peligro que habría supuesto ceder a aquella tentación.

–Corriente, pálida y nada sofisticada –dijo con aspereza a la vez que sus ojos se enfrentaban a la mirada azul de Dario en el espejo.

–¿Y esperas que me crea eso? ¿Acaso estás buscando cumplidos? –preguntó él con voz ronca a la vez que alzaba una mano para apartar un mechón de pelo rubio de la frente de Alyse. Aquel mero contacto provocó un cálido estremecimiento que recorrió el cuerpo de Alyse y pareció concentrarse entre sus piernas.

–Porque si lo que quieres son halagos, estoy dispuesto a hacértelos cada minuto de cada hora. ¿Fue así como te enredó Marcus? ¿Diciéndote lo preciosa que eres, asegurándote que estaba loco por ti?

Había sido algo así, reconoció Alyse en silencio. Marcus le había dicho que era preciosa... y que la deseaba. Pero eso fue al principio. Al poco tiempo ya estaba presionándola para que se casara con él sin molestarse en hacerle más cumplidos. Insistía en que nunca encontraría mejor partido que él, en que supondría una gran ventaja para ella aceptar su proposición.

Pero lo que la asustó en aquellos momentos fue que, aunque los halagos de Marcus siempre la habían parecido excesivos y falsos, quería creer que los de Dario no lo serían.

–¿Es eso lo que quieres? –insistió Dario, y algo en su tono hizo que Alyse saliera de la especie de trance hipnótico en que se encontraba.

–¡No cuando los halagos no son sinceros! –espetó a la vez que se volvía enérgicamente hacia él–. ¿Qué está pasando aquí? ¿Por qué has venido a mi casa?

Alyse supo que no iba a obtener la respuesta que buscaba al ver cómo se endurecía la línea de la boca de Dario.

–Pregúntaselo a tu padre –espetó él con fría dureza.

–¿Qué tiene que ver mi padre con esto? ¿Qué sucede entre tu hermanastro y tú?

–Eso no es asunto tuyo.

–Pero tú estás haciendo que se convierta en asunto mío, y no quiero. No quiero verme envuelta en vuestra mezquina batalla.

–Me temo que ya es tarde para eso. Ya estás implicada... y no solo tú.

La expresión de Dario hizo que Alyse sintiera que se le helaba la sangre.

–¡Ya he tenido suficiente, Dario! Quiero que me expliques de una vez de qué estás hablando. ¿Quién más está implicado en esta locura?

–Todos vosotros. Tú, tu padre, tu madre...

–¿Mi madre? –repitió Alyse, preocupada.

Pensó en su madre, encerrada en su dormitorio con las cortinas echadas para que no entrara la luz del sol mientras luchaba contra los demonios de su depresión. Sabía que la fase eufórica por la que había pasado Ellen había sido más intensa que otras y que, por lo tanto, la bajada a los infiernos posterior también había sido más dura. ¿Habría habido algún motivo para ella, algo que amenazaba aún más oscuridad en sus vidas?

–¿A qué te refieres? Deja de soltar esas amenazas veladas...

–No son amenazas, Alyse, al menos no por mi parte. Es Marcus el que os está amenazando a ti y a tu familia. Él es el quien tiene vuestro futuro en sus manos... o al menos eso cree.

Alyse quería gritar, cerrar los puños y golpear con ellos el poderoso pecho de Dario para lograr que dejara de una vez de jugar con ella al ratón y al gato. Pero en lugar de ello se esforzó por recuperar la compostura.

–Dime lo que está pasando –exigió.

Dario se pasó ambas manos por el pelo y la miró atentamente a los ojos, como buscando la evidencia de que realmente quería conocer la verdad. Lo que vio debió convencerlo, porque asintió brevemente con la cabeza.

–Tu madre ha estado apostando en el casino.

–Eso... eso no es posible –dijo Alyse, totalmente desconcertada–. Hace casi dos semanas que no sale de casa –añadió a la vez que volvía instintivamente la cabeza hacia las escaleras por si escuchaba algún ruido procedente de la planta superior.

–Estoy hablando de hace un par de meses –explicó Dario.

Cuando Ellen había estado en su fase eufórica, convencida de que ya nada volvería a irle mal en la vida. En aquellas fases, la madre de Alyse perdía el sentido de la contención, del peligro.

–¿Cuánto perdió?

La cantidad que mencionó Dario hizo que Alyse sintiera que la cabeza empezaba a darle vueltas y que las rodillas se le volvieran de goma.

–Nunca podremos hacer frente a una deuda de ese calibre –murmuró.

Algo en la expresión de Dario le hizo comprender que aquello no era todo. Evidentemente, había más y peores noticias por llegar.

–Sigue. ¿Qué tiene que ver Marcus con todo esto?

–¿De verdad que no te lo ha dicho? –Dario rio de incredulidad a la vez que movía la cabeza–. Me sorprende. Debe haber sido mucho más sutil de lo que le creía capaz. O puede que haya aprendido.

–Él...

Del fondo de la mente de Alyse surgió un recuerdo del día anterior al baile. Marcus había empezado a decir algo... «Tu padre desea esta unión tanto como yo. O aún más». Más tarde, su padre le había dicho algo parecido.

–Mi padre... –empezó a decir, pero su voz surgió como un susurro. Su padre la había alentado a ver a Marcus, a recibirlo en su casa, y la había animado sin demasiada sutileza a considerar su proposición de matrimonio.

Pero el asunto era aún peor de lo que había imaginado. A su padre no se le había ocurrido otra cosa que tratar de ayudar a su mujer tomando el dinero secretamente de la empresa para la que trabajaba.

–Desfalco... –era una palabra horrible. Una palabra que asustaba. Especialmente si se pensaba en quién era el dueño del dinero.

–Kavanaugh... Oh, papá, ¿cómo has podido hacer algo así?

Alyse era consciente de que se había puesto totalmente pálida. Había sentido como el color desaparecía de su rostro mientras los latidos de su corazón se ralentizaban a causa del horror.

Ahora sabía por qué le había parecido su padre especialmente deprimido aquellas últimas semanas. Había tratado de salvar a su esposa y lo único que había logrado había sido empeorar las cosas. Claro que la había instado a casarse con Marcus. Los Kavanaugh no habrían puesto una denuncia contra el futuro suegro de Marcus.

–No me extraña que quisiera que aceptara la proposición de matrimonio de Marcus.

Pero aquello no explicaba por qué se había mostrado Marcus tan repentinamente interesado en que se casara con él. Se había puesto tan pesado que

Alyse había acabo elaborando aquel absurdo plan para librarse de él.

«Juro que te arrepentirás de esto». Las amenazadoras palabras de Marcus resonaron en su mente, y Alyse experimentó un estremecimiento al comprender que sus amenazas podían volverse muy reales.

–¿Y tú estabas al tanto de esto? –preguntó a Dario con un hilo de voz.

–Lo estoy ahora.

Dario conocía los motivos de Marcus para querer casarse con Alyse, por supuesto. Marcus se había empeñado para hacer que se cumpliera el sueño de su padre de ver el apellido de los Kavanaugh unido al de los Gregory. Así conseguiría una nuera de la aristocracia y, más adelante, si todo transcurría con normalidad, tendría un nieto con un título.

Pero no estaba al tanto de lo demás. Sabía que su hermanastro era un miserable, y que siempre lo había sido, pero no esperaba que pudiera caer tan bajo como para llegar a chantajear de aquel modo a Alyse.

–Pero no se te ocurrió contármelo la noche del baile, ¿verdad?

–No estaba al tanto de todo y, que yo supiera, podías estar perfectamente feliz ante la perspectiva de casarte con Marcus. No me di cuenta de que no era así hasta que no te vi con él.

–¡Y entonces decidiste que me querías solo para ti!

–Mientras tú me utilizabas para librarte de mi

hermanastro –replicó Dario a la vez que alzaba una ceja.

–Después de que tú me hubieras utilizado para hacer que Marcus se pusiera celoso.

Dario no iba a negar aquello. Había visto una oportunidad de estropear los planes de su hermano y la había aferrado. Una pequeña venganza por todos los años de malevolencia que había tenido que soportar por parte de Marcus. Pero, al parecer, el destino le había concedido una oportunidad aún mejor de vengarse, y, tal vez, incluso una manera de lograr que su padre se fijara finalmente en él.

–Reconozco que nos usamos mutuamente.

El encogimiento de hombros con que dijo aquello ya fue bastante malo desde el punto de vista de Alyse, pero la sonrisa que siguió al encogimiento de hombros fue aún más atroz. Como su aparente despreocupación, fue fría, insensible, casi cruel, y reveló a Alyse que lo sucedido entre ellos no había significado nada para él, excepto para utilizarla como arma contra su hermano.

–¡Pues espero que disfrutaras! –espetó Alyse–. ¿Te divertiste a mi costa? ¿Resultó una experiencia satisfactoria?

–No tanto como esperaba... –empezó a decir Dario, pero su actitud cambió de inmediato al bajar la mirada hacia las manos de Alyse. Algo iba mal–. Alyse...

–¿Qué...? –logró decir ella mientras Dario la tomaba de la mano y le hacía volver la palma hacia arriba–. ¡Oh!

El pendiente, olvidado hasta aquel momento se deslizó de su mano hacia el suelo. Pero Alyse no estaba mirando el pendiente, sino la palma de su mano, con la que lo había presionado con tal fuerza que se había hecho una herida de la que salía sangre.

–¡Oh!

–Déjame... –Dario le sostuvo la mano con la palma hacia arriba mientras sacaba un pañuelo de su bolsillo. Tras apoyarlo sobre la herida hizo que Alyse lo sujetara con sus dedos. Su contacto resultó sorprendentemente cálido y delicado.

Alyse apenas había perdido sangre, pero sintió una repentina debilidad. Cuando Dario inclinó su oscura cabeza para mirar su herida, el aroma de su pelo y de su piel invadieron como una nube tóxica sus ya alterados sentidos. La pasión que despertaba en ella aquel hombre seguía allí, ardiente e intensa, por mucho que quisiera ignorarlo. Quería alargar una mano hacia él, acariciar su mejilla, sentir la calidez de su piel.

Quería más...

–¡Alyse!

Sorprendida al escuchar la estridente voz de su madre, Alyse volvió la mirada hacia las escaleras.

–Mamá... –murmuró, pero cuando se volvió con intención de subir rápidamente las escaleras, Dario no le soltó la mano. Cuando se volvió hacia él y vio el hambriento deseo reflejado en sus brumosos ojos se quedó sin aliento.

Fuera lo que fuese lo que había entre ellos, era

obvio que tan solo necesitaba un mínimo estímulo para resurgir.

–¡Tengo que irme! –susurró, a pesar de saber que el dormitorio de su madre estaba demasiado lejos como para que sus palabras lo alcanzaran–. Mi madre me necesita. ¡Me necesita!

–No te vayas.

Alyse se preguntó si Dario sería consciente de cómo le afectaba su voz ligeramente ronca, la enloquecedora mezcla de autoritarismo y súplica que emanaba de ella.

–Tengo que ir a ver qué necesita. Tengo que... –repitió cuando Dario le soltó la mano y lo que la retuvo a su lado fue un instinto más básico, más primitivo–. ¡Tengo que hacer algo! A fin de cuentas, no puedo hacer nada respecto a todo lo demás.

Si estaba buscando una respuesta en el rostro de Dario, no la encontró. Sus fríos ojos no revelaban nada. Le había puesto al tanto de los detalles del plan de Marcus, que se casara con él si no quería que su padre acabara en la cárcel, y en aquellos momentos parecía totalmente dispuesto a dejarla a solas en la guarida del león.

–No tengo ninguna defensa contra Marcus. No tengo con qué luchar contra él.

Dario parpadeó una sola vez y dio un suspiro que pareció llegar directamente hasta su alma.

–Sí lo tienes –murmuró–. Me tienes a mí.

Alyse no supo como interpretar sus palabras, su expresión. No era posible que estuviera sugiriendo que... Pero sí era así, ¿qué más cosas implicaría su ofrecimiento? No sabía exactamente qué le estaba ofreciendo, pero sabía que tendría un precio.

Los hombres como Dario no ofrecían su ayuda así como así. La ayuda siempre incluía algún benefició para sí mismos.

Alyse no sabía qué responder y sentía que su mente se había dividido en dos. De manera que supuso una alivio escuchar de nuevo la áspera voz de su madre llamándola.

–¡Alyse! –el tono fue más exigente, más urgente. Agradecida por tener al menos algo en que centrarse, Alyse se obligó a ponerse en movimiento y subió las escaleras rápidamente.

Sin aliento, y no precisamente a causa del esfuerzo que había supuesto subir las escaleras, se detuvo en el rellano y bajó la mirada hacia Dario. Seguía exactamente donde lo había dejado, y era evidente que estaba esperando una respuesta.

–¿Qué...? –balbuceó Alyse, esforzándose por hablar por encima del rugido de su corazón, del nudo que tenía en la garganta–. ¿Cómo...?

La expresión de Dario reveló que esperaba aquella reacción. Alyse lo necesitaba y no tenía nadie más a quien recurrir.

–Mañana –dijo con tranquilidad, casi con indiferencia–. Te concedo hasta mañana. Ven a verme y te pondré al tanto de todo.

Con otra de sus medias sonrisas, fría, despreocupada y con un matiz de oscura satisfacción, giró sobre sus talones y salió por la puerta.

Capítulo 5

N O ESTÁS hablando en serio!
El vaso de vino que Alyse estaba a punto
de llevarse a los labios quedó paralizado a
medio camino.

–¡No puedo creerlo! Tienes que estar bromeando.

–No estoy bromeando.

Dario jugueteó con la base de su propio vaso,
aparentemente distraído, aunque Alyse sabía que
estaba disimulando. Le había comunicado sus in-
tenciones descarnadamente, en tono impasible, y
estaba esperando a que Alyse superara el asombro
de su reacción inicial para entrar en detalles.

Pero Alyse temía no poder salir jamás de su
asombro después de lo que acababa de escuchar.

–Dije que te ayudaría, y lo haré, pero con mis
condiciones.

Eran precisamente aquellas condiciones las que
habían hecho que Alyse sintiera que la cabeza empezaba a darle vueltas.

–No entiendo... ¿por qué tenemos que... casarnos?

–Haces que parezca una sentencia de muerte.

Alyse pensó que podía ser algo muy parecido,

con la desventaja de que una ejecución al menos era breve y se terminaba para siempre.

—Es una cadena perpetua.

—¿En serio? —Dario dedicó a Alyse una escéptica y a la vez inquisitiva mirada—. Te he ofrecido matrimonio, no mi compromiso y devoción para toda la vida.

Si Alyse había estado soñando en anillos, flores y finales felices, su sueño quedó en aquellos momentos hecho añicos a sus pies. Pero en lo único en lo que había estado soñando había sido en la posibilidad de salir de la terrible situación en que se encontraba. Y nadie iba a ofrecerle su ayuda para pagar las deudas de su familia sin exigir nada a cambio.

¡Pero aquello!

—¿Y no suele suponer el matrimonio ambas cosas... o al menos la intención por parte de ambos?

—Si te crees eso debes tener los ojos llenos de estrellas. Es posible que algunos tontos idealistas partan con la intención de mantener los votos que hacen cuando se casan, pero casi nunca los cumple nadie. Al menos tú y yo sabríamos exactamente qué terreno pisamos. Sería un matrimonio de conveniencia para que ambos podamos obtener lo que queremos.

Alyse se esforzó por aparentar la calma y seguridad de Dario, pero le resultó imposible. Era posible que no hubiera estado pensando en anillos, flores y finales felices con aquel hombre, pero en el fondo de su ser rechazaba la descripción del matrimonio que le estaba proponiendo. Siempre había soñado con la posibilidad de encontrar a alguien que la amara como su padre amaba a su madre, por encima de todo y de todos, y estaba segura de que toda mujer soñaba con encontrar a un hombre que sintiera aquello por ella.

–Un matrimonio con un final planeado –continuó Dario–, para que no haya errores ni falsas ilusiones, para que ninguno pueda alegar luego que no sabía dónde se estaba metiendo.

Alyse sintió de pronto que la superficie de madera de la mesa que había entre ellos se convertía en un árido desierto. La comida que le había servido Dario se estaba enfriando en el plato y no sentía el más mínimo apetito.

–Está claro que no te gusta andarte con rodeos –murmuró.

–Así es. No me gusta andarme con remilgos cuando propongo un trato.

Alyse ya estaba al tanto de aquello. Apenas había tenido tiempo antes de acudir a ver a Dario, pero lo había aprovechado para obtener toda la información que había sobre él en internet... y había mucha. Aunque no había suficientes datos sobre sus orígenes, era evidente que había crecido en circunstancias muy alejadas del poder y la prosperidad de las que gozaba en el presente. De hecho, no había indicios de que hubiera tenido contacto con la familia Kavanaugh o su fortuna hasta hacía poco más de un año, lo que explicaba por qué no había oído hablar de él antes a pesar de que su familia conocía a Marcus hacía tiempo.

Pero aunque la información sobre sus orígenes

fuera confusa, Dario no había tardado mucho en dejar atrás aquella parte de su vida. Los vinos que producía en La Toscana habían sido un éxito. De hecho, había ganado varios premios de prestigio con ellos. Cuando empezó a suministrar de vino a los hoteles de los Kavanaugh había entrado en contacto con su hermanastro. El imperio económico que había erigido no tenía nada que envidiar al de los Kavanaugh, y por eso podía permitirse en la actualidad hacer frente a la deuda de su madre y a la amenaza de detención y juicio que pendía sobre su padre. Y Alyse estaba segura de que Dario había hecho su fortuna exactamente a causa de lo que acababa de decir: su implacable determinación en el mundo de los negocios y en el resto de los aspectos de su vida.

Y, al parecer, aquella implacable forma de actuar también se extendía a sus relaciones. Ninguna mujer había permanecido mucho tiempo a su lado, y había tenido unas cuantas, todas bellas, ricas y sofisticadas. Estaba claro que su intención cuando se relacionaba con ellas no era precisamente ofrecerles su compromiso y devoción de por vida.

–He comprobado todo lo que me dijiste con mi padre –dijo, tratando de hacer tiempo.

–Sabía que lo harías.

–Me lo ha confirmado todo.

–Sabía que lo haría.

Aquella había sido la conversación más dura y triste que Alyse había tenido con su padre. Al principio, Anthony Gregory lo había negado todo, pero no tardó en desmoronarse y en contarle toda la verdad, desolado. Alyse, que esperaba que lo sucedido no fuera tan terrible como le había hecho ver Dario, había averiguado que era aún peor. Y también estaba segura de que su comportamiento en la noche del baile había hecho que empeoraran la cosas.

–Marcus quiere vengarse por la humillación que según él ha sufrido, y le ha dicho a mi padre que tiene hasta el fin de semana para «resolver» las cosas antes de que informe a la policía...

El recuerdo del rostro de su padre afloró en la mente de Alyse. Pero las lágrimas que habían bañado sus ojos había sido por su esposa, y por sí mismo, no por su hija y por la presión que había estado ejerciendo sobre ella para que aceptara una proposición de matrimonio que ella detestaba. Averiguar que sus padres eran responsables de la soga que rodeaba su cuello en aquellos momentos había obligado a Alyse a revisar la imagen del matrimonio que representaban.

No había duda de que su padre amaba a su madre, incluso a riesgo de poner en peligro su propio nombre y su libertad, pero las revelaciones de aquellos últimos días habían hecho que el mundo de Alyse se desmoronara junto con todo aquello en lo que había creído hasta entonces. Las dos personas en las que más había confiado en su vida le habían mentido y la habían utilizado como un títere para sus maniobras.

–Ese es el motivo por el que estás aquí –dijo Dario en tono desapasionado.

Alyse se preguntó si habría algo que pudiera hacer mostrar alguna emoción a aquel hombre. Había permanecido como una esfinge durante toda la comida.

–Aprecio tu oferta de ayuda, pero... ¿por qué tenemos que casarnos? –preguntó con voz temblorosa.

–¿Se te ocurre alguna otra manera efectiva de frenar a Marcus? Te aseguro que no bastaría con que le ofrecieras saldar la deuda de tu padre.

–¿Estás seguro de eso? –preguntó Alyse. ¿Habría algo más detrás de todo aquello, algo que Dario no le estaba contando? Pero sabía que no tenía más opción que contar con su ayuda.

–¿Y por qué no? Seguro que el anuncio de un compromiso...

–No bastaría con anunciar nuestro compromiso –interrumpió Dario.

Era posible que el anuncio de un compromiso bastara para frenar a Marcus, pero no bastaría para satisfacer las exigencias de su padre, las condiciones que había puesto en su testamento recién revisado.

Dario apretó la copa que sostenía en la mano hasta que los nudillos se le pusieron blancos. Había supuesto una auténtica conmoción enterarse de lo enfermo que había estado su padre en los últimos meses. Tanto, que había cambiado su testamento... y había escrito a su hijo ilegítimo para ponerle al tanto de ello.

Viéndose tan cerca de la muerte, Henry Kavanaugh había temido que su sueño de tener un nieto, preferiblemente un nieto con un título nobiliario, no llegara a cumplirse. No se hacía ilusiones respecto a Marcus y su dudoso estilo de vida, de manera que el matrimonio era una de las condiciones que había puesto en su testamento. Como viejo zorro que era, había decidido reconocer por primera vez que tenía dos hijos. Quería tener un nieto en su familia antes de morir, aunque ello significara reconocer al hijo bastardo que había negado hasta entonces.

Dario estuvo a punto de sonreír al ver la conmocionada expresión de los ojos verdes de Alyse, pero se contuvo. Nunca había pensado en casarse. El matrimonio no era para él. Había acudido a Inglaterra decidido a tirar por tierra los planes de Marcus. Después tenía planeado regresar y olvidarse para siempre. Pero entonces había recibido la carta que le ofrecía la posibilidad de llevar su vida un paso más allá de lo que jamás había soñado.

Si hubiera estado al tanto de aquel nuevo testamento antes, tal vez habría buscado otra forma de abordar el asunto. Pero Marcus, maldita fuera su negra alma, se había asegurado de que no pudiera averiguarlo hasta el último momento, cuando él ya había organizado su plan para Alyse.

—¿Por qué no? —repitió Alyse.

—Porque Marcus no quiere meter a tu padre en la cárcel, aunque seguirá ese camino si cree que tiene que hacerlo. Lo que quiere es a ti.

—Oh, vamos...

Dario se inclinó hacia Alyse hasta que su rostro quedó a escasos centímetros del de ella.

—Si crees que estoy bromeando, te sugiero que lo pienses de nuevo. ¿Acaso crees que estaría aquí hablando contigo sobre este asunto si hubiera otra alternativa?

Alyse permaneció unos instantes paralizada, como si todo aquello fuera demasiado para ella y estuviera a punto de desmoronarse. Pero, de pronto, su expresión cambió.

—No soy ninguna estúpida —dijo con un destello de desafío en la mirada—. Sé que le gusto, de hecho, incluso diría que ha pasado una época obsesionado conmigo. Pero yo no lo he alentado en lo más mínimo, a pesar de que mi padre me dejó bien claro que le gustaría tenerlo como yerno. Yo también le dejé bien claro que no estaba interesada en lo más mínimo.

—Lo que, conociendo a Marcus, habrá hecho que se empeñe aún más —dijo Dario con cinismo—. Siempre quiso lo que no podía tener, y negárselo era la mejor manera de despertar su interés.

—¡No era eso lo que yo pretendía! —protestó Alyse.

—¿Te crees que no lo sé? Soy testigo de primera mano de que estabas dispuesta a hacer lo que fuera para librarte de las atenciones de Marcus.

Como siempre, el recuerdo de lo que estuvo a punto de suceder en su apartamento la noche del baile hizo que Dario se excitara de inmediato, aunque reprimió rápidamente sus impulsos. Ser capaz de esperar a que Alyse volviera a derretirse entre sus brazos, cosa que estaba convencido de que terminaría sucediendo, acabaría por suponer una satisfacción mucho más potente y placentera.

–No acabas de comprenderlo, ¿verdad? –añadió al ver el ceño fruncido de Alyse–. Para Marcus y la familia Kavanaugh tú posees el perfecto pedigrí.

Dario fue incapaz de contener una sonrisa al ver que Alyse fruncía aún más el ceño. ¿De verdad no lo captaba? Le gustaba aquello de ella. Le gustaba que no pensara que alguien pudiera considerar valioso su título.

–*Lady* Alyse...

A pesar de que la expresión de Alyse reveló que por fin había comprendido, parpadeó repetidas veces, como si se negara a creerlo.

–¿A Marcus le importa eso?

–A su padre sí, desde luego. Lo suficiente como para creer que si su hijo se casa contigo aumentará la reputación de su familia.

Alyse supuso que aquello podía tener cierto sentido, al menos si a alguien le importaban tanto los títulos. Y, al parecer, a Marcus le importaban. Aquello explicaría por qué había sido tan insistente. Al principio había resultado simplemente irritante, pero ahora que tenía el poder de decidir lo que pudiera sucederle a su padre...

Pero el padre de Marcus y el de Dario eran la misma persona.

–¿Y a ti? ¿Te importa el asunto de los títulos?

Dario entrecerró un momento los ojos, pero enseguida rio y tomó su copa de vino.

–Oh, desde luego –dijo en tono divertido–. Donde crecí, uno de los barrios más miserables de Casentino, estábamos obsesionados con convertirnos en lores y *ladies*. Era de lo único que hablábamos.

Alyse logró esbozar una sonrisa porque estaba claro que el comentario había sido hecho con humor, pero no pudo ignorar el pesar que le produjo pensar que Dario hubiera crecido en el entorno que acababa de mencionar.

–¿Y tu... el padre de Marcus no hizo nada por ayudarte?

La expresión de Dario se volvió prácticamente de piedra al escuchar aquello.

–Kavanaugh no me reconoció durante muchos años, y tampoco a mi madre, que era una campesina italiana con la que pasó una sola noche estando borracho. Ella trató de decirle que se había quedado embarazada, pero el se negó a verla.

–¿Qué le pasó a tu madre?

–Murió cuando yo tenía quince años –la expresión de Dario se fue volviendo más y más sombría según hablaba–. Traté de obtener la ayuda de mi padre cuando enfermó, pero... –Dario alzó las manos en un gesto de impotencia y no dijo nada más.

–Lo siento.

Alyse habría querido saber cómo habían cambiado las cosas después de aquello, porque estaba claro que habían cambiado con el tiempo. Era evidente que estaba en contacto con su familia, aunque no fuera en términos amistosos. Mientras lo observaba, Dario se levantó y se acercó a ella.

–Si te casas conmigo, mi deber como marido será ayudarte a ti y a tu familia. Y cuando la deuda de tu padre quede saldada, Marcus no tendrá más remedio que dejarte en paz.

Alyse pensó que aquello era demasiado bueno para ser cierto.

–Y... ¿qué obtendrás tú a cambio?

La mirada de Dario se oscureció por un momento, pero enseguida sonrió y alargó una mano hacía Alyse con la palma hacia arriba, como hizo cuando le devolvió el pendiente. Aturdida, Alyse apoyó su mano en la de Dario y sintió que este tiraba con delicadeza de ella para que se pusiera en pie.

–¿De verdad necesitas preguntarme eso? –dijo Dario mientras situaba su mano libre bajo la barbilla de Alyse para hacerle alzarla y exponer sus labios a la oscura intensidad de su mirada. Aquella mirada reveló a Alyse lo que iba a venir a continuación, algo que quería que sucediera. No supo si fue ella misma la que acercó su rostro o si fue Dario el que inclinó la cabeza hacia ella; tan solo fue consciente del perfecto encuentro de sus labios, sin dudas, sin ningún sentimiento de incomodidad.

Tras el acalorado apasionamiento de su primer encuentro no estaba preparada para la suavidad y delicadeza de aquel beso, un beso que absorbió su alma y la dejó en manos de Dario. Se sintió sumergida en un mar de sensualidad, balanceándose sobre sus debilitadas rodillas, necesitando estar más y más cerca del fuerte cuerpo de Dario, que la rodeó por la cintura con los brazos, deslizó las manos hasta sus curvilíneas nalgas y la alzó hacia la acalorada dureza de su miembro. La excitación que provocó aquel gesto en Alyse fue como una descarga eléctrica en el centro más íntimo y femenino de su deseo.

–Dario...

Incapaz de contenerse, Alyse comenzó a frotar delicadamente su pelvis contra él.

–*Strega*... –murmuró Dario a la vez que llevaba una mano hacia los pechos de Alyse mientras mantenía la otra firmemente apoyada contra su nalga–. ¡Bruja!

Si ella era una bruja, él era un mago encantador, pensó Alyse. Apenas la había besado media docena de veces y ya estaba desesperada por más.

Su capacidad de pensar racionalmente se esfumó cuando Dario apoyó su mano, cálida y fuerte sobre la curva de uno de sus pechos.

–*Bella estrega*... –murmuró Dario antes de deslizar la lengua entre los labios de Alyse–. *La mia bella strega.*

El tono de Dario fue tan oscuramente sensual, tan posesivo que, por un segundo, Alyse se sintió como si acabara de echarle un vaso de agua fría a la cara.

–¡Tu preciosa bruja! –logró decir con la voz cargada de emoción, aunque ni ella misma sabía si se debía a la indignación o al placer.

Solo sabía que aquellas posesivas palabras habían atravesado la bruma de sensualidad en que se hallaba

sumergida y le habían hecho recordar lo que significaba aquello. No era el comienzo de algo maravilloso, o de una aventura de una noche... Era la intro-
ducción al matrimonio que Dario le había propuesto
por motivos puramente económicos.

–¿Qué sucede? –preguntó Dario, mirándola
como si quisiera leer su mente–. Nada de dudas,
de simulaciones.

–No estoy...

–Y no trates de hacerme creer que no quieres
esto porque sé muy bien cuándo una mujer está reac-
cionando, y cualquiera podría ver que me deseas
tanto como yo a ti –Dario alzó la mano con la que
estaba acariciando el pecho de Alyse para deslizarla
por su mejilla, y sonrió al sentir el incontrolable estremecimiento que la recorrió–. Es posible que mi
maldito hermano te dijera que eras preciosa, que te
deseaba. Pero si lo digo yo será cierto. Pienso que
eres preciosa, Alyse, y te deseo. Te deseo tanto que
me muero por tenerte en mi cama, por poseerte...

El tono ronco y convincente de Dario no dejaba
lugar a dudas respecto a aquello. Alyse sintió que
podría pasarse toda la noche oyéndole decir aquellas cosas. Nadie le había dicho nunca algo parecido. Ningún hombre le había hecho sentirse tan
deseada. El problema era que le habría gustado seguir escuchando aquello durante el resto de su vida
y sabía que no era precisamente aquello lo que Dario tenía en mente. Pero al menos podía disfrutar
de ello de momento. Podía disfrutar de la sensación de ser deseada más que ninguna otra mujer y

a la vez liberar a sus padres de la amenaza que pendía sobre ellos.

–Yo también te deseo –reconoció, demasiado dominada por sus sensaciones como para ser capaz de mentir, aunque hubiera pensado en ello. Sabía que estaba muy cerca de decir lo que Dario quería escuchar, pero aún no sabía si era seguro hacerlo.

¿Pero qué otra opción tenía? La alternativa era demasiado terrible como para considerarla.

–Así que ya ves por qué estoy haciendo esto. No necesitas preguntar qué obtendré yo de nuestro trato porque la respuesta es evidente. Te tendré a mi disposición en mi cama, donde he querido tenerte desde el primer momento en que te vi.

El cuerpo de Alyse sabía lo que quería, pero si caía en aquellos momentos en brazos de Dario, en su cama, ¿qué pasaría luego? Cuando hubiera obtenido lo que quería de ella, ¿por qué iba a permanecer a su lado, por qué iba a hacer algo más por ayudarla?

–¿Cómo sé que puedo fiarme de ti? ¿Cómo puedo estar segura de que mantendrás tu palabra?

La boca de Dario se distendió en una amplia sonrisa.

–¿Te bastaría con un contrato? ¿Un documento totalmente legal firmado por ambos? Nuestro propio acuerdo prenupcial, con las condiciones y beneficios que nos reportará a cada uno claramente expresados. Lo que obtendremos y cómo serán las cosas cuando todo acabe, cuando el matrimonio se cancele y cada uno de nosotros siga su propio camino.

¿Pero qué obtendría él de todo aquello?, se preguntó Alyse. Aparte de la satisfacción de desbaratar los planes de su hermanastro, ¿le bastaría con tenerla a ella en su cama? ¿Sería ella lo suficiente para satisfacer a un hombre como él?

–Todo tendrá que quedar totalmente claro, sin la más mínima fisura legal, firmado y sellado...

–Puedes dar tú misma las instrucciones a mi abogado –replicó Dario sin inmutarse–. Y no tendrás que firmarlo hasta que no estés completamente satisfecha, por supuesto.

Hacía que todo sonara tan justo, tan razonable, como si realmente se tratara de un contrato entre iguales. Pero Alyse sabía muy bien que aquel no era el caso.

Dario era el que obtendría lo que quería. Ella era la que más tenía que perder. Si no firmaba, Dario podría irse sin más, sexualmente frustrado, tal vez, pero nada más. Sin embargo, ella se quedaría sumergida en la pesadilla en que acababa de transformarse su vida. Aquello hundiría definitivamente la salud mental de su madre y su padre acabaría en la cárcel por haber cometido un crimen para proteger a la mujer a la que amaba.

Era demasiado horrible contemplar aquella posibilidad. Aquello supondría la destrucción de sus padres.

Ella tenía la oportunidad de ayudarlos y el valor para hacerlo. Y cuando todo acabara, también habría obtenido para sí la libertad que tanto anhelaba.

Alyse respiró profundamente antes de hablar.

–En ese caso, veré a tu abogado –dijo, aliviada al notar que su voz había surgido con la suficiente fuerza como para convencer a cualquiera de que se sentía totalmente segura de su decisión–. Haz que redacten el contrato, tráemelo y lo firmaré.

Una oscura expresión de triunfo llameó en la mirada de Dario, en su sonrisa.

–Entonces, ven aquí...

Cuando Dario volvió a rodear con su mano el brazo desnudo de Alyse, todas las sensaciones que habían quedado en suspenso durante los últimos minutos volvieron a surgir con todas sus fuerzas. Pero, a pesar de ello, Alyse sabía que debía controlarse más que antes.

–No... –logró decir en un tono casi desenfadado. Incluso sonrió mientras se ponía de puntillas y besaba la punta de la nariz de Dario–. No hasta la noche de bodas.

–Qué anticuada eres –murmuró Dario, y Alyse no supo cómo interpretar su tono.

–Esa soy yo, una chica anticuada –contestó Alyse, que a continuación dedicó una coqueta sonrisa a Dario para tratar de disipar los nubarrones que se estaban amontonando en sus ojos–. No te preocupes. Obtendrás aquello por lo que has pagado... pero no hasta que el anillo esté en mi dedo.

Al parecer había ido demasiado lejos, porque los nubarrones de la mirada de Dario no se disiparon. Alyse esperó conteniendo el aliento mientras él estudiaba su rostro y sopesaba su respuesta. Alyse se tensó por dentro, temiendo una reacción nuclear, reacción que, para su intenso alivio, no llegó a darse.

–De acuerdo, *mia strega*. Haremos esto al modo tradicional. Esperaré hasta la noche de bodas, pero entonces... –Dario no concluyo la frase, pero no hacía falta. Alyse pudo completar el final sin ninguna dificultad y sintió que su mente iba a estallar ante el impacto de las salvajes y sensuales imágenes que la invadieron–. Mañana iré a ver a mi abogado y le pediré que redacte el contrato prenupcial cuanto antes. Tengo intención de esperar lo menos posible por ti, *bellísima*.

Alyse experimentó una mezcla de aprensión y excitación burbujeando en su interior. No podía creer que aquel hombre tan asombroso, tan devastadoramente atractivo, pudiera desearla tanto como para llegar al extremo de atarse a ella en un matrimonio por conveniencia que además iba a costarle una pequeña fortuna.

Pero Dario se ocupó de hacerle aterrizar bruscamente en la realidad cuando añadió:

–Te quiero en mi cama antes de que acabe el mes. Sé que Marcus no esperará a seguir adelante con lo que tenga planeado... y yo tampoco.

Capítulo 6

TIENES un aspecto encantador!

–Gracias, papá.

Alyse logró responder al comentario de su padre con una sonrisa. Tenía que agradecer que su padre estuviera sonriendo y que pareciera haber rejuvenecido diez años a lo largo de las pasadas dos semanas. Con su deuda saldada y la amenaza de prisión olvidada como un mero mal recuerdo, daba la impresión de haberse quitado un peso terrible de los hombros.

Su madre había lloriqueado sentimentalmente antes de salir para la iglesia, pero al menos habían sido lágrimas felices, y, cuando había ido hasta el coche, su forma de caminar había resultado más ligera y resuelta que en mucho tiempo.

–¿Estás segura de que... eres feliz? –preguntó su padre con expresión repentinamente seria mientras la miraba al rostro en busca de la verdad–. ¡Todo esto ha sido tan repentino!

¡Ahora se lo preguntaba! ¡Ahora se mostraba preocupado por ella! Alyse tuvo que morderse el labio inferior para que aquellos reproches no escaparan de entre sus labios.

–Repentino, pero real y adecuado –dijo con toda la calidez que pudo.

Esperaba haber ocultado bien sus verdaderos sentimientos y que su sonrisa hubiera sido convincente. Había logrado convencer a Dario para que dejara pensar a sus padres que su amor era muy real, para que entendieran que era la pasión lo que los había llevado a planear una boda tan precipitada. Y el hecho de que Dario se hubiera empeñado en pagar las deudas de la familia tan solo había sido una forma de demostrarles el amor que sentía por su futura esposa.

Pero Alyse sabía que nada de aquello era real. Estaba logrando comportarse con sus padres como si estuviera representando constantemente un personaje de una obra de teatro, pero sabía que ya nunca podría verlos como antes. Comprender que prácticamente la habían forzado a aceptar la proposición de Marcus había hecho que se produjera un distanciamiento con ellos que en aquellos momentos se sentía incapaz de superar. Dario era la única persona que le parecía totalmente real en aquella época. A fin de cuentas, él era el dueño de su futuro... al menos mientras su relación durara.

Y su boda también suponía que por fin iba a alejarse del entorno familiar para llevar una vida que por fin sería suya. Al menos sería la vida que había elegido de momento. Tal vez se tratara de un mero acuerdo económico, pero Dario no era consciente del regalo que suponía para ella obtener su libertad.

–Ha sido un auténtico flechazo, papá, pero está claro que a veces sucede. Siempre me has dicho que apenas necesitaste unos días para darte cuenta...

–De que tu madre era la mujer para mí. La única –interrumpió Anthony a la vez que asentía lentamente con la cabeza.

–Ahora yo también sé que cuando te golpea el rayo del amor te quedas sin opciones –dijo Alyse a la vez que enlazaba el brazo con el de su padre, agradecida por su fuerza y apoyo. Solo le quedaba por superar aquel día...

Recordar lo que le esperaba cuando llegara la noche estuvo a punto de arruinar su intención de mostrarse feliz y segura de sí misma. Una cosa había sido interpretar el papel de novia feliz durante aquellas dos últimas semanas, y otra muy distinta era saber que Dario y ella iban a estar juntos aquella noche y unas cuantas más.

Aquel mero pensamiento hizo que la boca se le secara casi dolorosamente.

Sus nervios no habían hecho más que aumentar según se acercaba el día de la boda. Cuando faltaban catorce días temió que interpretar el papel de devota prometida iba a resultar realmente duro, pero al final resultó ser ridículamente fácil. Dario hizo su interpretación con una sonrisa aquí y una caricia allá, y, si la tenía a su lado, pasaba un brazo por su cintura y la atraía hacia sí. Si sus padres estaban cerca, le daba algún beso a escondidas, simulando un punto de timidez. Alyse sabía que aquella imagen era absurda, pues estaba convencida de que Dario Olivero no había pasado un momento de timidez en su vida.

Pero, extrañamente, y a pesar de la evidencia de sus ardientes besos, de la facilidad con que estos la excitaban, habían sido aquellas pequeñas caricias las que habían alcanzado de lleno el alma de Alyse y habían hecho que lo necesitara y lo deseara aún más.

Pero a partir de aquella noche Dario tendría derecho a poseer su cuerpo tan a menudo como quisiera, y era aquel «derecho» lo que hacía que Alyse sintiera que se le debilitaba la sangre, que las piernas se le volvían de algodón.

–¿Estás lista? –susurró su padre un momento antes de que las puertas de entrada a la iglesia se abrieran de par en par para recibirlos.

–Estoy lista –asintió Alyse, aunque dudaba de que esa fuera la palabra adecuada para definir su estado.

Al bajar la mirada hacia la mano que sostenía su padre se fijó en el brillo del diamante que lucía el anillo que le había dado Dario.

–¡No lo necesito! –había protestado el día que se lo dio, justo antes de ir a poner a sus padres al tanto de que iban a casarse–. Todo esto es solo un montaje.

Aquel comentario le había hecho ganarse una reprobadora mirada por parte de Dario.

–Nada de esto es un montaje, al menos en lo que se refiere a Henry y Marcus Kavanaugh. Puede que nosotros lo sepamos, pero somos los únicos. Todo el mundo debe creer que es real, y para ello tenemos que hacer las cosas como es debido.

Pero una cosa era «lo debido» y otra la deslumbrante piedra preciosa de aquel anillo. Además, Dario había averiguado de algún modo el gusto de Alyse por la joyería clásica, y aquel diamante nunca habría encajado en un diseño más moderno.

–Vamos, cariño –insistió su padre al sentir que se había quedado paralizada.

Alyse comprendió que, si no tenía cuidado, acabaría por delatarse y reaccionó rápidamente.

–Vamos –dijo con toda la firmeza que pudo.

Cuando finalmente se abrieron las puertas de la iglesia, utilizó el brazo de su padre para controlar la sensación de mareo que se adueñó de ella al empezar a caminar por el pasillo central y se esforzó por mantener la vista al frente.

Pero mantener la vista al frente implicaba ver directamente la espalda de Dario que, erguido y orgulloso, la aguardaba al final del pasillo. No podía ver su rostro, de manera que no podía interpretar lo que estaría sintiendo, pero estaba claro que no se sentía tan nervioso como ella. ¿Pensaría que todo aquello merecía la pena, que no había malgastado su dinero casándose con ella?

De pronto, Dario volvió su oscura cabeza para mirar por encima de su hombro. El instante en que sus miradas se encontraron sacudió el mundo de Alyse de arriba abajo. Por supuesto que consideraba que merecía la pena. A fin de cuentas era un hombre de negocios y había organizado aquello para llevarlo hasta el fin. Darío era conocido por su inflexibilidad, por no rendirse nunca hasta obtener lo que quería. De manera que ¿por qué habría vuelto su oscura mirada hacia ella? ¿Acaso había dudado de que acudiría? No, él nunca dudaba. Ella era su inversión, su apuesta en el juego, y sabía que no tenía más alternativa que acudir si no quería asistir a la destrucción de sus padres.

Alyse experimentó un revoloteo de pánico en su estómago cuando estaban a escasos pasos de él y tuvo que respirar profundamente para controlarlo. Sintió que su padre le retiraba la mano de su brazo para entregársela a Darío. Cuando este la tomó en la suya, cálida y fuerte, Alyse sintió que, más que un apoyo, era una prisión.

–Gracias...

Rose, su dama de honor, retiró de sus manos el ramo de azucenas que llevaba, pero Alyse apenas se dio cuenta. Tan solo era capaz de mirar a Darío, de sentir otra cosa que la calidez y la fuerza de su cercano cuerpo. No era capaz de percibir la sensualidad que solía evocar en ella tan a menudo. Sintió que todo aquello estaba mal, que era demasiado frío, demasiado calculado, demasiado peligroso. Y Darío permanecía erguido e impasible a su lado, como armándose contra cualquier sentimiento que aquel lugar y acontecimiento pudieran evocar. Estaba allí para recibir el justo premio del conquistador.

–Estás preciosa.

La entonación de la última palabra fue tan ines-

perada que Alyse reaccionó con un pequeño sobresalto. Y no pudo pasar por alto la mirada que Dario
deslizó por su pelo, suelto bajo una delicada co-
rona de flores blancas y amarillas, por su rostro,
por el sencillo traje blanco que vestía. Casi con-
troló por completo su reacción, pero Alyse notó
cómo se tensaba su boca y cómo entrecerraba brevemente los ojos.

–Gra... gracias –murmuró.

Quería darle explicaciones sobre su vestido. Seguro que Dario estaría preguntándose qué habría pasado con el vestido de novia de alta costura que esperaba que llevara, vestido creado por un diseñador
especialmente elegido por él. Debía ser evidente incluso para un hombre que el sencillo vestido sin
mangas que se ceñía a cada una de sus curvas no era
la creación del famoso diseñador francés.

–Yo...

Alyse abrió la boca para decir algo, pero el celebrante avanzó un paso en aquel momento y empezó a hablar.

Alyse estaba preciosa. Dario trató de concentrarse en las palabras del celebrante, pero le estaba
resultando imposible apartar de su mente la impresión que le había producido ver a Alyse avanzando
por el pasillo.

No sabía exactamente qué era lo que esperaba,
pero no aquello. Sabía sin duda alguna que Alyse iba
a estar preciosa, porque no podía ser de otro modo.

–Si alguno de los presentes conoce algún motivo legal o de otro tipo por el que esta unión no debería llevarse a cabo...

La voz del cura desapareció del oído de Dario como una especie de radio mal sintonizada. Si alguien decidía decir que había un motivo por el que no debían casarse, no pensaba escucharlo. A pesar de todo, aquellas palabras siguieron resonando en su mente.

¿Acaso no era él mismo la persona que mejor sabía por qué no debían casarse, por qué no debían seguir adelante con aquella farsa de boda? Hacer aquellos votos en una iglesia ante un cura iba en contra de todo lo que él creía que debería ser un matrimonio.

No para él, claro. Nunca había considerado la idea de casarse; no estaba hecho para ello. Pero como institución..., como el sueño que su madre siempre había tenido y que nunca llegó a poder ver cumplido, debería significar mucho.

Por un instante se planteó qué pasaría si dijera que sí, que él conocía un motivo por el que aquella boda no debería celebrarse. ¿Acaso conseguiría que el fantasma de su madre descansara más feliz?

Porque su madre era parte del motivo por el que estaba haciendo aquello. Ya era demasiado tarde, desde luego, pero, aunque fuera póstumamente, podía concederle aquel deseo. Su madre siempre había soñado en ver a su hijo formando parte de la familia Kavanaugh, familia a la que consideraba que pertenecía. Pero Darío también sabía que su madre siempre había querido que se casara por amor.

Alyse no había pedido amor. Tan solo había tratado de conseguir el dinero necesario para quitarse a Marcus de encima. Y el asunto de los otros posibles resultados que pudiera deparar aquella unión tan solo les concernía a su padre y a él.

—... que hable ahora o calle para siempre —concluyó el cura, y Darío sintió cómo temblaba la mano de Alyse en la suya.

Bajó la mirada hacia ella justo cuando Alyse alzaba la suya para mirarlo, y percibió el ligero temblor de sus labios, el evidente oscurecimiento de sus ojos verdes. Era realmente preciosa...

Pero aquel acontecimiento no estaba siendo en absoluto como había esperado. No importaba con quién se estuviera casando Alyse, ni que la ceremonia se hubiera celebrado con una precipitación que para algunos podía resultar incluso indecente; el hecho era que la boda de *lady* Alyse Gregory era un acontecimiento social. Un acontecimiento que debería haberse celebrado con pompa y formalidad. Él había estado dispuesto a pagar por ello, pero todo había acabado con aquella sencilla boda en la iglesia más cercana al pueblo en que había crecido Alyse.

Alyse incluso había renunciado al diseñador que le había ofrecido para su vestido de novia. Y aunque Darío no esperaba que luciera nada excesivamente caro ni sofisticado, el sencillo vestido de seda con el que se había presentado había supuesto una conmoción con la que no se sentía cómodo. No le gustaba cómo le hacía sentirse

Cuando estrechó la mano de Alyse con intención de reconfortarla sintió lo diminuta y delicada que resultaba rodeada por la suya. La sencillez de su vestido, de su maquillaje y su peinado hicieron que en su mente surgieran palabras que no quería escuchar. Palabras como «vulnerable», «delicada», «frágil». Palabras que nunca antes había relacionado con ninguna mujer... y que no estaba seguro de cómo relacionar con Alyse en aquellas circunstancias.

—¿Dario? —la sonriente mirada del cura hizo regresar a Dario al presente.

Se había perdido el momento en que el celebrante había preguntado si quería aceptar a aquella mujer por esposa y en aquellos momentos todo el mundo parecía estar conteniendo el aliento a la espera de su respuesta.

Alyse movió la mano nerviosamente en la suya, como si estuviera a punto de retirarla, pero Dario la sujetó con firmeza. No pensaba permitir que aquello fallara estando ya tan cerca de la meta.

—Sí, quiero —dijo con firmeza, y casi pudo sentir la relajación de los congregados tras él en la iglesia.

—Alyse...

Había llegado su turno. La respuesta de Alyse fue rápida, casi precipitada, como si quisiera o necesitara acabar con aquello cuanto antes.

Iba a tratarla bien, prometió al espectro de su

madre, que siempre estaba en sus pensamientos. Alyse obtendría todo lo que deseara de aquello. A fin de cuentas, lo que quería no era difícil de conseguir. En primer lugar, dinero, y también la libertad para sus padres. Casándose con él también se libraría definitivamente de la persecución de Marcus, y obtendría la satisfacción sexual que sabía que anhelaba tanto como él...

Aquel mero pensamiento le hizo estrechar con más fuerza la mano de Alyse en una silenciosa promesa de lo que estaba por llegar.

–Sí, quiero...

Aquellas eran las palabras que habían estado preocupando a Alyse desde que se había despertado aquella mañana, dos simples palabras que habían amenazado con volverla loca. Dos palabras que cambiarían su vida para siempre en cuanto las pronunciara.

Pero, a fin de cuentas, aquello era lo que quería. Si no seguía adelante, sus padres sufrirían y ella nunca llegaría a conocer de verdad lo que supondría hacer el amor con Dario. Los sueños que solía tener con él por las noches, sueños increíblemente eróticos que seguían pegados a su mente como telas de araña, que hacían que amaneciera sudorosa y húmeda, con las sábanas revueltas, revelaban hasta qué punto anhelaba estar entre los brazos de Dario. Y aquella noche...

Alyse se dio cuenta con un sobresalto de que estaba pensando frente al altar en las ardientes y apasionadas relaciones sexuales que iba a mantener con

Dario, que parecía empeñado en no soltarle la mano, como si temiera que fuera a escapar en cualquier momento.

–Sí, quiero... –repitió, sin pensarlo, y percibió un murmullo de diversión tras ella ante su aparente necesidad de enfatizar aquel detalle.

Pero Dario no sonrió. Su expresión era sombría, impenetrable, y sus ojos parecían dos oscuros pozos sin fondo que amenazaban absorberla en sus profundidades.

De algún modo, Alyse logró sobrevivir al resto de la ceremonia. Pronunciaron los votos, Dario le puso el anillo y fueron declarados por el cura marido y mujer.

–Ya puedes besar a la novia...

Alyse apenas registró aquellas palabras antes de que Dario la tomara en sus brazos para besarla casi con fiereza.

Aquella inesperada muestra de pasión dejó sin aliento a Alyse, que tuvo que aferrarse a su cuello como si fuera un salvavidas. El tiempo pareció quedar en suspenso hasta que, finalmente, Dario apartó sus labios de los de ella y volvió a dejarla con delicadeza en el suelo.

–Y ahora, que alguien diga que esto no ha sido real –murmuró Dario con oscura satisfacción junto al oído de Alyse mientras los asistentes a la ceremonia aplaudían–. Bienvenida a mi vida, señora Olivero.

Alyse se preguntó por qué no habría dicho directamente «bienvenida a mi cama». Porque aquello era todo lo que había habido en su beso; pura pasión, necesidad sexual... pero nada más. Si la hubiera sacado de la iglesia para marcarla como si fuera una res de su propiedad no habría podido dejar más clara su afirmación de posesión. Dario había obtenido lo que quería, y ella habría sido muy tonta si hubiera tratado de interpretar aquel beso de otro modo.

Sin saber muy bien cómo, Alyse logró recorrer el pasillo de vuelta hacia la salida de la iglesia. Intercambió sonrisas con sus familiares, sus amigos, y fue entonces cuando se hizo consciente de que la mayoría de los asistentes eran conocidos o familiares suyos. Por parte de Dario tan solo había algunos amigos que habían acudido aquel mismo día de Italia.

Aunque Dario también asintió y sonrió en respuesta a los saludos, había una evidente tensión en su porte, una tensión de la que solo Alyse era consciente. También notó que miraba a un lado y a otro como si estuviera buscando a alguien.

Pero no encontró a quien quiera que fuese. Alyse salió de la iglesia conmocionada por la intensa sensación de soledad que estaba experimentando por Dario. Le había contado que su madre había muerto, y no era nada probable que Marcus, el único otro miembro de su familia que conocía, hubiera acudido a aquella boda.

—Lo siento... —dijo, incapaz de contenerse mientras permanecían un momento a solas fuera de la iglesia esperando a que el resto de los asistentes saliera tras ellos.

–¿Lo sientes? –repitió Dario con expresión impenetrable.

–Mi familia ha monopolizado la iglesia, sin embargo, tú...

–¿Y eso qué más da? –dijo Dario con el ceño fruncido–. Así son las cosas.

–Pero tú... –Alyse se interrumpió al ver que Dario negaba enfáticamente con la cabeza.

–No pasa nada, Alyse. Los únicos que importamos somos nosotros. Nunca me han interesado las familias.

Alyse no pudo evitar un estremecimiento al escuchar aquello. Las palabras de Dario no habían sonado solo como una explicación del efecto del pasado en el presente, si no también como una sentencia para cualquier perspectiva de futuro.

Capítulo 7

NO PUEDO creer que esté realmente aquí...
Alyse protegió sus ojos de la luz del sol
poniente con una mano mientras contemplaba el bello paisaje campestre que los rodeaba.
Las vistas desde la terraza de la villa eran espectaculares. En el horizonte se divisaban algunos de
los viñedos que poseía Dario.

–¿Por qué no? –preguntó él con aspereza.

Alyse no había pensado nunca en la posibilidad
de que fuera a llevarla a su casa en Italia. No esperaba salir de la recepción para acudir a tomar un
avión privado que los iba a llevar a La Toscana.

–No esperaba que fuéramos a pasar una luna de
miel –dijo rápidamente.

Todo estaba sucediendo al revés. Deberían haber pasado un tiempo conociéndose antes de la
boda. Apenas sabía nada sobre el hombre que se
había convertido en su marido, el hombre cuya
cama iba a compartir aquella noche y el resto de
noches que fuera a durar aquel matrimonio de conveniencia.

–Te dije que haríamos las cosas como es debido.

–Así es –dijo Alyse, y trató de que su sonrisa no resultara demasiado forzada.

Lo cierto era que todo lo sucedido había sido apropiado para una boda romántica, apasionada y precipitada. Pero nadie habría podido definir como «apropiados» los acontecimientos que habían llevado a su celebración. ¿Qué habrían pensado los invitados a la boda si hubieran estado al tanto de la verdad? Pero lo cierto era que Dario había sido mucho más generoso con ella de lo que habría tenido derecho a pedirle.

–Todo ha sido perfecto. Ha sido un día muy especial –añadió a la vez que daba un par de pasos hacia él para besarlo espontáneamente en la mejilla–. Sé que a todo el mundo se lo ha parecido.

–No puedo decir que me haya importado un bledo lo que puedan haber pensado los invitados –murmuró Dario con aspereza–. Al menos mientras tú hayas disfrutado de tu día.

–¡Claro que lo he disfrutado! –Alyse no se permitió pensar en la elección de palabras de Dario. Había dicho «tu día», no «nuestro día», como si lo único que hubiera hecho él hubiera sido pagarlo todo–. Ha sido encantador... gracias.

Sus labios estaban a escasos centímetros del rostro de Dario. Podía percibir el aroma de su piel, saborearlo en su boca, y se sentía incapaz de apartar la mirada de su perfil.

–Estoy seguro de que no tardaré en comprobar que ha merecido la pena.

Alyse necesitó un par de anonadados segundos

para asimilar el significado de las palabras de Dario. Tal vez él considerara aquello su recompensa por todo el dinero que había gastado, pero para ella había algo más, una necesidad oscura y primaria, una sensualidad pura, profunda, que volvió a recorrer su sangre mientras acercaba de nuevo sus labios a la mejilla de Dario.

—De que tú has merecido la pena —añadió él a la vez que volvía el rostro, de manera que los labios de Alyse se encontraron directamente con su boca.

El beso de Dario fue exigente, imperioso, como si quisiera dejar bien claro a qué tenía derecho.

Y lo tenía. Aquello era lo que Alyse le había prometido. Pero desde el momento en que sus labios se encontraron Alyse supo que le daba igual. Aquello no se trataba tan solo de lo que había comprado y pagado Dario. Aquello era lo que ella quería, lo que ambos querían, y había llegado el momento de la verdad. Era posible que el fuego que había surgido entre ellos se hubiera mantenido aplacado durante un tiempo a causa de las circunstancias, sobre todo porque ella había querido esperar hasta después de la boda, pero en aquellos momentos se estaba convirtiendo en un auténtico incendio.

—Ya he esperado lo suficiente para esto —murmuró Dario contra su boca, haciéndole echar atrás la cabeza con la fuerza de su beso—. Demasiado.

—Demasiado —repitió Alyse con un suspiro.

En aquellos momentos no entendía por qué había puesto aquella absurda condición, porque había pensado que era importante hacer esperar a Dario.

Aquello era lo que había querido entonces, lo que quería en aquellos momentos, y aquellas dos semanas de espera no habían hecho más que incrementar su deseo.

Rodeó con los brazos el cuello de Dario y deslizó los dedos entre su negro pelo.

—Demasiado –repitió con más énfasis.

Dario dejó escapar una ronca risa que resonó en el cuerpo de Alyse.

—Entonces... ¿por qué...?

Alyse lo acalló con un beso.

—Porque podía –dijo con descaro–. Y porque fui tonta.

—Desde luego que lo fuiste... y yo lo fui aún más por hacerte caso. Pero eso ya se ha acabado.

Dario deslizó las manos tras la espalda de Alyse para bajarle la cremallera del vestido antes de tomarla en brazos.

—Eso ya se ha acabado –repitió Alyse mientras él se ponía en marcha.

Alyse apenas conocía la villa. Habían llegado poco más de una hora antes y un empleado doméstico se había ocupado de subir el equipaje al dormitorio. Luego Dario había sugerido que tomaran un vino en la terraza, de manera que en aquellos momentos no tenía idea de adónde iba, aunque le daba igual. Dario estaba a cargo y él sabía exactamente a dónde se dirigía.

Cuando empezaron a subir las escaleras se detuvo para besarla de nuevo apasionadamente.

—De esto se ha tratado desde el principio.

El tono de su voz surgió ronco y áspero contra los labios de Alyse, que logró introducir las manos entre sus cuerpos para tirar de la camisa de Dario hacia arriba. Lo hizo con tal fuerza que los botones salieron volando en todas direcciones y rodearon con un tintineo casi musical escaleras abajo. Pero Alyse estaba totalmente concentrada en las sensaciones que le produjo deslizar las manos por el poderoso pecho desnudo de Dario, cubierto por un ligero y oscuro vello. Cuando arañó con sus uñas aquella cálida y morena piel, Dario dejó escapar un revelador gemido que hizo sonreír a Alyse por encima de su hombro.

Cuando, por fin, Dario abrió con una pierna una puerta que se hallaba a pocos pasos de lo alto de la escalera, el corazón de Alyse latía con tal fuerza que apenas podía respirar. Sin ceremonias, Dario la dejó caer sobre la colcha blanca de la cama que dominaba el centro de la habitación. Odiando aquel momento de separación, la bocanada de aire fresco que sopló entre ellos, dejó escapar un gemido de protesta.

—Un momento...

Dario se estaba quitando la ropa a toda prisa. La camisa desgarrada y los pantalones cayeron al suelo seguidos un instante después por sus bóxer negros. Luego se inclinó de nuevo sobre Alyse para volver a tomar sus labios y deslizar su lengua entre ellos, frenético por saborearla íntimamente. Alyse ya estaba tratando de quitarse el vestido, pero tan solo logró bajarse la parte de arriba, dejando ex-

puesto su sujetador de seda y encaje, las ruboriza-
das curvas de sus pechos.

—Ahora... ahora... Dario...

—No. Espera.

¿Esperar? Aturdida, Alyse vio que Dario alargaba una mano hacia la mesilla de noche . Tras unos
momentos de confusión comprendió lo que estaba
haciendo.

—No hace falta... —susurró junto al oído de Dario.

—Soy seguro... en todos los aspectos.

—¿Seguro?

Alyse ya sentía el calor del poderoso miembro
de Dario entre sus piernas, que abrió para recibirlo.

—Es mejor estar seguro.

—Yo ya lo estoy... —dijo Alyse, pero Dario ya se
estaba poniendo el preservativo con movimientos
firmes y competentes a la vez que besaba el mohín
de los labios de Alyse para mantenerla distraída y
al mismo tiempo hambrienta.

—Y yo... ahora —Dario se deslizó un poco hacia
abajo y tomó entre sus dientes el borde del sujetador
de Alyse para bajárselo y poder deslizar la lengua
por la delicada y sonrosada piel que dejó expuesta.
Luego cerró los labios en torno a un excitado pezón,
que a continuación mordisqueó con enloquecedora
suavidad.

—Maldito seas... maldito seas... —murmuró Alyse,
maldiciéndolo por el retraso pero incapaz de resis-
tirse al punzante placer que le estaba produciendo
su boca.

Se contorsionó debajo de él, abierta, hambrienta, anhelando la culminación que prometían las apasionadas caricias de Dario.

–Ven a mí, Dario –susurró junto a su oído, jadeante–. Tómame... haz que esto sea real...

Una mezcla de grito, suspiro y gemido de total entrega escapó de su garganta cuando Dario movió su poderoso cuerpo para penetrarla hasta hacerle sentirse totalmente colmada.

–Oh, sí... Oh, sí...

–Sí... sí... –asintió Dario con voz ronca y entrecortada mientras empezaba a moverse dentro de ella.

Alyse estaba perdida, a la deriva en las acaloradas oleadas de pasión que la llevaban cada vez más y más alto. Sintió que todos sus músculos se contraían, lanzándola hacia una cima desconocida, nunca alcanzada.

–Dario... ¡Oh, Dario!

Totalmente abandonada a los sabios movimientos de Dario en su interior, Alyse se dejó llevar por las convulsiones de intenso placer que recorrieron su cuerpo y la lanzaron más allá de la realidad hacia una explosión de sensaciones a las que se entregó mientras el nombre de Dario escapaba una y otra vez de entre sus labios.

Fue una noche larga, ardiente, sensual, que los dejó saciados, abandonados al agotamiento que se adueñó de ambos cuando ya no podían más.

Aún no había amanecido cuando Alyse despertó, se estiró y miró adormecida a su alrededor mientras sentía las agujetas que le habían dejado en todo el cuerpo sus actividades nocturnas.

Mientras Dario se movía perezosamente a su lado, Alyse se fijó en la ropa dispersa por el suelo de la habitación, secuelas de la pasión que se había adueñado de ellos. Alargó una mano hacia su vestido y, tras tomarlo, lo contempló con el ceño fruncido.

—Me has desgarrado el vestido —dijo a la vez que lo alzaba para que Dario lo viera.

Dario dedicó al vestido una mirada indiferente, aunque matizada con una leve sonrisa de triunfo.

—Se interponía en mi camino —murmuró alzando sus poderosos hombros, hombros marcados por las atenciones recibidas durante la noche por las manos, las uñas, e incluso los dientes de Alyse—. Te compraré otro... y también te lo arrancaré. Pero debo admitir que te prefiero tal como estás ahora.

Dario deslizó la mirada por el cuerpo desnudo de Alyse y acarició con ella las rosadas líneas de sus mejillas, la curva de sus hombros, los pechos que asomaban por encima de la sábana con la que apenas se había tapado al erguirse. Un momento después alargó hacia ella una mano igualmente acariciadora con la que siguió la misma ruta hasta detenerla sobre uno de sus pechos

—Sí —añadió con suavidad—. Así es como me gustaría que siguieras el resto de tu vida.

—Resultaría poco práctico —la voz de Alyse surgió tensa debido al esfuerzo que estaba teniendo que hacer para no responder a las caricias de Dario.

—¿Y a quién le importa lo práctico? —murmuró Dario mientras empezaba a acariciarle con un pulgar el pezón, aún rosado y sensible debido a las atenciones que le había prestado a lo largo de la noche—. Este matrimonio no tiene nada que ver con lo práctico. Tiene que ver con esto, con el puro deseo... ¿verdad, *bellísima*?

Alyse decidió dejar a un lado toda precaución. ¿Qué más daba que Dario pudiera pensar que era una lanzada en lo que a él se refería? A fin de cuentas, era la verdad, de manera que ¿por qué tratar de ocultarla?

—Sí —contestó en un susurro ronco, hambriento.

—No te oigo —dijo Dario a la vez que acercaba su rostro al de ella.

—Sí... ¡Sí! —replicó Alyse y a continuación tomó la iniciativa lanzándose sobre él para besarlo. Fue un beso intenso, largo, acompañado de caricias a lo largo de los poderosos músculos del pecho y los brazos de Dario—. Oh, sí...

Sin dejar de besarlo, Alyse deslizó una mano por su muslo hasta el anhelante y poderoso miembro de Dario, tan duro, firme y hambriento como antes. Cuando lo tomó en su mano sintió que se contraía a la vez que murmuraba una sarta de maldiciones en italiano.

—¿Qué era lo que estabas diciendo sobre el deseo? —preguntó burlonamente cuando se apartó para contemplar la atormentada expresión de Dario mientras ella subía y bajaba la mano con que lo retenía—. ¿Era esto a lo que te referías?

–Casi –contestó él.

–¿Casi?

Alyse apenas tuvo tiempo de pronunciar aquella palabra antes de que Dario la tomara de la muñeca para retirarle la mano. Sin saber muy bien cómo, de pronto se encontró tumbada bajo su poderoso cuerpo.

–Casi –repitió él–. *Quías, la mia strega*. Pero a lo que me refería... –Dario alzó los brazos de Alyse hacia atrás y le sujetó ambas muñecas con una mano mientras le hacía separar las piernas con una rodilla a la vez que le succionaba y mordisqueaba con delicadeza un pezón–... era a esto –añadió a la vez que la penetraba de un único y poderoso empujón que hizo que Alyse echara atrás la cabeza con un ardiente gemido–. A esto era a lo que me refería.

Capítulo 8

HABLANDO de vestidos –murmuró un rato después Dario mientras tomaba el vestido desgarrado que había quedado olvidado en la cama–. ¿Qué tenía de malo el vestido de boda que te había diseñado Lynette?

Hizo la pregunta en tono desenfadado, pero Alyse la esperaba y sintió que toda la calidez se esfumaba de su cuerpo en un instante.

–El que querías que llevara –para impresionar a Marcus, a su padre, para demostrarle al mundo que era suya.

–¿No te gustaba?

–Era precioso, pero... quería decidir personalmente qué ponerme. Supongo que sabrás que toda chica sueña con elegir su vestido de novia.

–Comprendo –dijo Dario, pero la mirada que dedicó a Alyse reveló que no entendía por qué había tenido que elegir un vestido tan sencillo–. Pero no me habría importado pagar...

–Eso era exactamente lo que no quería –interrumpió Alyse a la vez que se erguía un poco para apoyarse sobre las almohadas–. Ya habías hecho suficientes cosas por mí.

–Pero era el día de tu boda. Me habría gustado darte cualquier cosa que hubieras pedido.

–Esa es la cuestión, Dario. No quería tener que pedirte.

Dario frunció el ceño mientras trataba asimilar aquello, pues no encajaba con lo que había pensado de Alyse.

–Quería que tuvieras todo lo que deseabas, la boda de tus sueños –aunque Dario era muy consciente de que las emociones no habían jugado el papel habitual en aquella boda, habría querido que hubiera sido como Alyse la soñaba.

–O puede que lo que tuvieras realmente planeado era hacer lo que «tú» querías –la repentina acritud del tono de Alyse hizo que Dario volviera la cabeza rápidamente hacia ella–. En realidad no estabas pensando en mí.

–Teniendo en cuenta que se trataba de un matrimonio de compromiso, de un negocio, ¿por qué iba a importarme lo que llevara mi novia?

Alice apretó los labios y volvió la mirada hacia el ventanal por el que empezaba a aparecer el sol.

–Porque querías restregarle en la cara a Marcus lo que se había perdido. Y porque querías que tu padre viera lo que estabas consiguiendo.

Dario se quedó en blanco al escuchar aquellas inquietantes palabras. ¿Tendría razón Alyse? ¿Habría querido que llevara el mejor vestido posible y que todo fuera de la mejor calidad solo para impresionar a su padre y fastidiar a su hermanastro? Pero, a pesar de que le había enviado una invitación, Henry Kavanaugh no se había presentado en la boda.

—Pensaba que todas las mujeres tenían planeada la boda de sus sueños desde el momento en que podían elegir su primer vestido, que cualquier mujer lo tenía todo pensado hasta el último detalle... y que lo único que le faltaba era el novio.

—¿Todas las mujeres? —repitió Alyse con cinismo—. ¿Así es como me ves? ¿Como a cualquier mujer? Supongo que cualquier mujer te valdría en la cama también ¿no?

—¡No! ¡Claro que no! —exclamó Dario, casi furioso a causa de algo oscuramente incómodo a lo que no quería enfrentarse—. Tú nunca podrías ser cualquier mujer. ¿Crees que habría pasado por todo esto, que habría vendido mi libertad y habría invertido tanto dinero en tu familia para ganar el favor de «cualquier» mujer?

Había tenido que mencionar el dinero, pensó Alyse, dolida. Si había alguna manera de hacerle sentirse hundida y barata, o más bien demasiado cara, era esa. ¡De manera que él había renunciado a su libertad¡ ¿Y qué diablos creía que había hecho ella? ¿Por qué creía que estaba allí? ¿Porque quería el dinero a toda costa?

Pero era cierto que Dario podía verlo así.

Y era innegable que el dinero había influido decisivamente en su decisión. Pero no podía permitirse pensar aquello. No había sido el dinero lo que más había pesado a la hora de tomar su decisión.

El principal motivo había sido Dario, porque había querido a toda costa estar con él.

—Además —dijo rápidamente para distraer a Dario—, tú me estabas ofreciendo un vestido y mi madre estaba empeñada en que usara el que llevó ella en su boda. Aunque finalmente tampoco quise llevarlo.

—¿Por algún motivo especial?

Lo cierto era que Alyse no había podido soportar la idea de llevar el vestido de su madre, pasado de generación en generación como símbolo del amor de quienes se casaban en su familia.

—Quería reservarlo para... para una boda auténtica.

—¿Auténtica? —espetó Dario—. Define «auténtica». Porque supongo que no te refieres a los simples formalismos.

—Me refiero a una boda que significara algo más... algo más que... —Alyse se calló al darse cuenta de que estaba cavando su propia tumba.

—¿Algo más que qué? —repitió Dario amenazadoramente.

—Oh, ya sabes a lo que me refiero, Dario. Esto no es real. No es un matrimonio auténtico, sino un acuerdo comercial en el que tú compras y yo...

—¿Qué haces tú? ¿Venderte? —el tono amenazador de Dario se volvió directamente peligroso.

—Ambos sabemos que no hay ningún sentimiento real entre nosotros... al margen del sexo, por supuesto.

—Por supuesto —repitió Dario—. ¿Y le explicaste todo esto a tu madre?

Alyse se estremeció ante el gélido tono de su voz.

–Claro que no. ¿Crees que de lo contrario habría sido capaz de ver cómo me casaba contigo? Se habría desmoronado definitivamente si hubiera sabido que me casé contigo para que pagaras el desfalco cometido por mi padre. Me limité a decirle lo mismo que a ti: que quería llevar mi propio vestido. La mayoría de las mujeres quieren llevar su propio vestido el día de su boda.

–No mi madre –dijo Dario en un tono repentinamente carente de emoción–. Ella nunca tuvo una boda... y mucho menos un vestido de novia.

Había mencionado algo al respecto anteriormente, pero había dejado muy claro que no apreciaba el interés de Alyse por su pasado.

–¿Tu padre nunca quiso reconocerla? –preguntó Alyse a pesar de todo.

–Ni a ella ni a mí. Mi madre no sabía que mi padre estaba casado y él no se molestó en decírselo. Tuvieron una aventura de una noche de la que, supuestamente, ambos tendrían que haberse olvidado. Pero mi madre descubrió que se había quedado embarazada.

–¿Y se lo dijo?

El modo en que Dario se pasó las manos por la cabeza reveló más de lo que estaba dispuesto a revelar con sus palabras.

–Claro que lo hizo... o al menos lo intentó. Le escribió, e incluso ahorró lo necesario con gran esfuerzo para viajar hasta donde mi padre tenía su casa. Pero ni siquiera se dignó a verla. Le cerraron la puerta en las narices. Lo intentó de nuevo cuando nací yo. Me llevó consigo, convencida de que así mi padre no sería capaz de rechazar a su propio hijo.

Se produjo una larga pausa mientras Dario contemplaba el sol naciente con los ojos entrecerrados.

–Pero sí fue capaz. Cuando mi madre llegó a su casa enviaron a un sirviente a decirle que se fuera o que avisarían a la policía. Pero mi madre no renunció. Lo intentó de nuevo cuando cumplí un año y volvió a intentarlo cada año después de aquel. No renunció hasta que enfermó de cáncer. Aquel año fui yo quien trató de ponerse en contacto con mi padre para pedirle que la ayudara. Sabía que mi madre lo había amado a pesar de todo y que para ella habría supuesto mucho volver a verlo al menos una vez, o al menos saber que había hecho algo por aliviar su dolor.

–¿Y lo hizo?

Dario negó bruscamente con la cabeza.

–Ni una palabra. Nada. Mi madre murió sintiéndose totalmente abandonada. Al parecer, mi padre no llegó a recibir mi recado porque no se lo dieron. Pero eso no lo averigüé hasta mucho más tarde.

–¿Marcus? –aventuró Alyse en un susurro, y vio que Dario asentía una sola vez.

Alyse experimentó un repentino escalofrío, como si de pronto el sol se hubiera ocultado tras un negro nubarrón. La rivalidad y el odio entre los dos hermanos tenía raíces muy profundas.

–Juré que nunca volvería a tener nada que ver con ellos.

–¿Y cómo llegaste a enterarte de los problemas con el juego de mi madre y de lo que hizo mi padre?

La sonrisa de Dario no alcanzó sus ojos.

–No quería saber nada más sobre los Kavanaugh, pero tengo contactos y me resulta fácil obtener información. Supe que Henry había sufrido un derrame cerebral y que Marcus estaba a cargo de la empresa. A partir de ahí fue fácil averiguar que mi maldito hermano iba tras de ti y por qué. Eras la clase de esposa trofeo que supondría la guinda para el pastel Kavanaugh y prácticamente podía obligarte a aceptar su proposición si no querías que destruyera a tu familia.

–¿Y por eso fuiste directo por mí en la fiesta?

Dario no trató de negarlo, y tampoco mostró ningún indicio de remordimiento por la acusación de Alyse.

–Tú misma me dijiste quién eras cuando me acerqué a ti, ¿recuerdas? Yo lo sospechaba, pero tú me lo confirmaste.

–De manera que eso es lo que soy para ti ¿no? Una esposa trofeo...

Dario se volvió para mirar directamente el rostro de Alyse.

–Eres la única esposa que he querido tener. Ya te he dicho que no me va el rollo familiar.

Alyse pensó que aquello era lo mismo que darle algo para arrancárselo a continuación de las manos.

–Si sirve de algo, no esperaba desearte con la

intensidad con que lo hice desde el momento en que te vi.

–De manera que no solo fue una manera de vengarte de Marcus y de tu padre, ¿no? –dijo Alyse, ridículamente satisfecha por aquella aclaración de Dario.

–Claro que no fue solo eso. Algo surgió entre nosotros desde el primer instante en que nos vimos. Sé que tú también lo sentiste. No puedes negarlo.

–Y no lo niego –Alyse miró a Dario a los ojos para que supiera que estaba siendo sincera–. No lo niego.

–Fue inevitable. Esto habría sucedido de todos modos, independientemente de quiénes fuéramos.

Dario alargó una mano hacia Alyse para acariciarle el hombro. La suavidad de la caricia hizo que Alyse experimentara un agradable cosquilleo por todo el cuerpo, cosquilleo que enseguida se transformó en algo más.

–Inevitable... –murmuró, entrecerrando involuntariamente los ojos.

–Totalmente... –la voz de Dario se convirtió en un ronco murmullo mientras deslizaba la mano hacia abajo por el cuerpo de Alyse.

–Totalmente inevitable –asintió Alyse con un tembloroso suspiro cuando Dario se colocó sobre ella y procedió a asaltar sus sentidos hasta que tan solo fue capaz de pensar en él y en el sensual poder de su cuerpo mientras tomaba posesión de ella.

Capítulo 9

–*Buongiorno*, Bella Durmiente...

Dario besó con delicadeza los labios de Alyse mientras esta se estiraba perezosamente.

–¿Acaso piensas dormir todo el día?

Alyse le dedicó una lenta y adormecida sonrisa que lo excitó de inmediato.

–La verdad es que no tenía planeado levantarme. De hecho pensaba seguir exactamente donde estoy y he pensado que tal vez te apetecería unirte a mí –dijo Alyse a la vez que alargaba las manos hacia él. Al fijarse en que Dario llevaba los pantalones puestos, frunció el ceño–. Pero así no vale –añadió con un delicioso mohín–. Tienes que quitarte los pantalones... y todo lo demás.

–¡Alyse! –dijo Dario en tono escandalizado para ocultar hasta qué punto le parecía un buen plan.

–¡Dario! –se burló ella–. No sé qué tienes que objetar. Creo que deberíamos pasar el día en la cama. Podemos comer y beber un poco y pasar el resto del tiempo haciendo el amor una y otra vez –dijo mientras se retorcía sensualmente en la cama. Los rayos del sol que entraban por la ventana iluminaron la cremosa piel de sus pechos desnudos, los turgentes pezones, y Dario sintió que se le hacía la boca agua.

—Pero ya hicimos eso ayer... y antes de ayer...

—¿Y se te ocurre una forma mejor de pasar el tiempo? —Alyse abrió de par en par sus ojos color esmeralda y miró atentamente a Dario—. ¿O es que ya te has cansado de mí? ¿Es eso?

—¿Cansarme de ti? —Dario soltó una risotada—. ¿Acaso crees que eso es posible? —añadió, aunque no pudo evitar que le preocupara el ceño ligeramente fruncido de Alyse. Intuía que le preocupaba algo... ¿pero de qué se trataba? Se había mostrado cálida y apasionada con él todas aquellas noches y cada vez la encontraba más irresistible. De hecho, durante la primera noche había perdido la cabeza hasta tal punto que en una de las ocasiones había olvidado ponerse un preservativo, algo que iba totalmente en contra de sus reglas. Si no hubiera sido por el hecho de que Alyse estaba tomando la píldora...

—¿Cómo iba a cansarme de ti? ¿Acaso te parecí cansado ayer...? —en aquella ocasión la risa fue más natural, casi como si se burlara de sí mismo mientras recordaba lo profundamente dormido que se había quedado al final a causa del agotamiento—. Bueno, menos la última vez...

Pero Alyse seguía con el ceño ligeramente fruncido, de manera que se centró en distraerla hablándole del plan que tenía.

—Había pensado que podíamos pasar el día fuera. Deberías conocer algo de Italia.

–¿Qué se puede ver cerca de aquí?

–Bolonia, Florencia, Pisa... ¡Oh, no! –exclamó Dario al ver el destello de interés que iluminó la mirada de Alyse–. ¿Quieres hacer la ruta turística? ¿Ver la torre inclinada?

–¿La torre está cerca del cementerio, verdad?

–Se puede ir caminando. ¿Por qué?

–Tengo entendido que hay unos frescos maravillosos... ¡Pero no me mires así! –añadió Alyse al ver la expresión de incredulidad de Dario–. Estudié Historia del Arte en la universidad.

Dario siempre había pensado que Alyse tenía aquel trabajo tan poco estimulante porque quería seguir disfrutando del cómodo estilo de vida que llevaba viviendo con sus padres. Pero al parecer le esperaban algunas sorpresas.

–¿En serio? Entonces ¿por qué diablos...?

–¿Trabajaba de mera recepcionista? –concluyó Alyse por él–. Al menos trabajaba en algo relacionado con el mundo del arte... pero mi madre estaba enferma tan a menudo que necesitaba constantemente alguien que la cuidara. Por eso seguía viviendo en casa. Pero no te preocupes –añadió rápidamente al ver cómo se había oscurecido la expresión de Dario–. Por un lado, renuncié a mi trabajo en cuanto llegamos a nuestro... acuerdo, y por otro...

–¿Cuánto tiempo lleva tu madre enferma?

–Ha sufrido sus altibajos emocionales desde que recuerdo –Alyse hizo una mueca de desagrado–. Crecí con la conciencia de que debía tener siempre mucho cuidado para no disgustarla.

Su madre no podía evitar el torbellino emocional en que vivía a causa de su enfermedad, pero, mirando atrás, se hacía evidente que su padre había sido demasiado indulgente con su esposa, siempre andando de puntillas a su alrededor debido a su «delicada sensibilidad», siempre cuidándola, o pidiéndole a su hija que lo hiciera, sin exigirle nunca un mínimo de responsabilidad por sus acciones.

–Ya has hecho bastante por ella –dijo Dario con aspereza.

–Ahora todo ha quedado en manos de mi padre –asintió Alyse en tono sombrío, consciente una vez más de la asombrosa sensación de liberación con que había despertado cada mañana desde que Dario le había propuesto matrimonio–. No puedo vivir la vida de mi madre por ella. Solo puedo vivir la mía.

–Así que... a visitar los frescos.

–¡Y todo el resto! –Alyse sonrió y apartó las sábanas animadamente para levantarse–. Estaré lista en media hora.

Al ver la mirada que Dario dedicó a su cuerpo desnudo, sonrió aún más a la vez que movía un dedo admonitorio en su dirección.

–¡No! Me has prometido un día fuera...

–Un día... –murmuró Dario con la voz ronca de deseo–. Y luego, de vuelta a la cama.

«De vuelta a la cama», pensó Alyse más tarde aquel mismo día mientras daba vueltas en la cama tratando de encontrar alguna postura en que le doliera un poco menos la cabeza. Dudaba que aquel

fuera el plan de Dario cuando había sugerido volver a la cama.

Pero el ligero dolor de cabeza que había empezado a sentir al salir aquella mañana de Villa D'Oro
había crecido hasta convertirse en una auténtica migraña que le había obligado a pedir a Dario que la
llevara de vuelta a la villa. Las siguientes veinticua-
tro habían sido el típico suplicio de quienes sufrían
aquellos dolores de cabeza. No habría culpado a
Dario si se hubiera ido dejándola en manos del ser-
vicio, pero desde el momento en que llegaron a la
villa se ocupó de ella como un auténtico enfermero.
La tomó en brazos para llevarla al dormitorio, la
acostó, la desnudó con delicadeza, le llevó las me-
dicinas que necesitaba... así como la palangana que
tan necesaria solía volverse en aquellas circunstancias. Después pasó largos ratos sentado en una silla
junto a la cama.

Finalmente, tras cuarenta y ocho desagradables
horas, Alyse empezó a sentirse lo suficientemente
bien como para levantarse. Se puso una bata sobre
el arrugado camisón y bajó a la terraza de la primera planta, donde Dario estaba tomando un café.

–*Buongiorno, mio marito...* –dijo, sorprendién-
dolo.

–*Bunogiorno, mia moglie* –contestó Dario con
una radiante sonrisa–. ¿Crees que te conviene estar
levantada? –añadió mientras se levantaba para
acercar una silla para Alyse.

–Ya estoy bien, Dario. Aunque resulta muy apa-
ratosa, la migraña suele pasarse en un par de días.

Ahora tengo sed –dijo mientras se sentaba–. ¿Lo que hay en esa jarra es limonada? Me gustaría beber un poco.

–Por supuesto –dijo Dario, que le sirvió de inmediato un poco de limonada en un vaso.

Alyse bebió con auténtico placer el refrescante líquido.

–¿Sueles tener migrañas a menudo?

–Afortunadamente no –Alyse volvió la mirada hacia el horizonte antes de añadir–: Lo lamento...

Dario frunció el ceño.

–¿Lo lamentas? ¿Qué lamentas?

–No creo que entrara en tus planes hacer de enfermero...

–En la alegría y en la tristeza, en la salud y en la enfermedad –citó Dario con ironía.

Pero aquellos votos correspondían a un matrimonio auténtico, y concluían con un «hasta que la muerte os separe». Aquel era un voto que nunca iba a cumplirse en aquel matrimonio, y Alyse se sintió conmocionada ante el dolor que le produjo recordarlo.

–¿Cuánto se supone que va a durar este matrimonio? –preguntó, y se quedó horrorizada de inmediato al darse cuenta de que acababa de formular aquella pregunta en alto.

La expresión de Dario se ensombreció al instante.

–¿Ya te estás cansando?

–No... no –Alyse tomó rápidamente un trago de su limonada para aliviar la repentina tensión de su

garganta–. No, claro que no. ¿Quién podría cansarse
de vivir en un sitio como este? –dijo a la vez que se-
ñalaba con un amplio gesto el maravilloso paisaje
que los rodeaba y el deslumbrante cielo azul que lo
cubría–. Es un paraíso...

Pero no su paraíso, porque algún día se lo arran-
carían y Dario dejaría de estar a su lado.

Alyse se quedó un instante paralizada con el vaso
en la mano al darse cuenta de la dirección que estaban tomando sus pensamientos. Había pensado en
Dario y en el amor al mismo tiempo, temiendo en
el momento en que llegara a cansarse definitivamente de aquel matrimonio de conveniencia.

–¿Por qué me trajiste aquí? –preguntó, sin atre-
verse a ahondar en los pensamientos que rondaban
su cabeza.

–Ya sabes por qué.

–Querías hacer las cosas como es debido.

–Y también quería que conocieras mi casa.

«Mi casa», pensó Alyse con amargura. No «nuestra casa». Hasta aquel momento no se le había ocurrido la posibilidad de que se le fuera a romper el corazón cuando llegara el momento de abandonar Villa
D'Oro... y a Dario.

Porque en algún momento a lo largo de su falso
compromiso, de su matrimonio de conveniencia, se
había enamorado perdidamente de él. Aquel pensamiento fue tan inquietante, tan peligroso, que quiso
cambiar rápidamente de tema.

–¿Tu madre llegó a vivir alguna vez aquí?

–No. Nunca vivió aquí –la voz de Dario flaqueó

un instante cuando dijo aquello. No le fue posible ayudar a su madre cuando estuvo enferma, no pudo ofrecerle las comodidades que habría deseado, pero al menos había encontrado la forma de tener su recuerdo siempre presente–. Compré esta villa en memoria de mi madre. Siempre le encantó, y en una ocasión me confió que soñaba con que algún día llegara a ser su hogar.

–Es un lugar mágico –murmuró Alyse.

Dario se limitó a asentir, aunque también reconoció en su interior que Villa D'Oro estaba ejerciendo un efecto mágico sobre él desde que había llegado allí con Alyse. «Quería que conocieras mi casa». Nunca le había dicho aquello a otra mujer. De hecho, nunca había llevado a ninguna otra mujer a aquella casa. Y nunca había pasado allí tantos días ni tan relajado. Normalmente, al cabo de un par de días allí solía empezar a inquietarse por volver al trabajo. Pero no en aquella ocasión, y sabía que la responsable era Alyse.

–Ojalá hubiera podido ver mi madre alguna vez este lugar, haber visto su sueño hecho realidad.

Pero aquello era otra cosa que había cambiado Alyse. Dario sabía que el sueño de su madre incluía una esposa para él... una esposa de verdad. Pero no podía engañarse creyendo que tenía un matrimonio de verdad. No era correcto alimentar aquella ilusión, aunque también estuviera considerando hacer realidad el otro sueño de su madre: verlo reunido con su padre.

–Y ojalá pudiera verte a ti ahora –añadió Alyse

con suavidad. El mero sonido de su voz produjo toda una conmoción en el interior de Dario, que miró el sol tan directamente que casi sintió que fundía sus ojos y cualquier sombra de su supuesta familia de su mente.

—Invité a mi padre a la boda —dijo de repente, y vio cómo se sorprendía Alyse ante el repentino cambio de tema—. Pero no asistió.

Alyse sintió que se le encogía el corazón. No era de extrañar que Dario dijera que no le iban las familias. Nunca había tenido una con la que aprender a convivir.

—Es tonto por no querer ponerse en contacto con un hijo del que cualquier otro hombre estaría orgulloso.

—¿Tú crees? —preguntó Dario con una oscura y escéptica mirada.

—Por supuesto. Has sido capaz de salir adelante de forma muy airosa a pesar de tus difíciles comienzos, no como Marcus, que contó con todas las ventajas desde el principio.

—Hubo una época en que pensé eso. Llegué a pensar que si ganaba mucho dinero mi padre se fijaría en mí —Dario dejó escapar una risa tan desolada, tan carente de humor, que Alyse tuvo que parpadear con fuerza para alejar las repentinas lágrimas que se habían acumulado en sus ojos—. Supongo que ya debería haberme acostumbrado a su silencio.

—Como ya he dicho, tu padre es tonto. Tú eres el hijo que ha demostrado lo que vale de verdad, no el que lo ha heredado todo.

Dario dedicó una torva mirada a Alyse.

—¿Y qué me dijes del hijo que tuvo que chanta-jearte para meterte en su cama?

A Alyse no le gustó nada aquella pregunta ni el cinismo con que fue hecha.

—¡Tú no hiciste eso! No me chantajeaste. Yo es-taba deseándolo.

Al ver que Dario alzaba una burlona ceja, Alyse se levantó, se acercó a él y le dio un largo beso en los labios. Mientras lo hacía, su bata se abrió y el escote del camisón dejó prácticamente expuestos sus pechos. Por la forma en que se oscureció su mirada, Alyse supo que Dario era muy consciente de ello.

—Yo estaba deseándolo —repitió a la vez que se sentaba a horcajadas en su regazo, donde sintió la presión de su erección—. Sigo deseándolo.

—Alyse... —Dario sujetó con ambas manos la es-belta cintura de Alyse mientras ella volvía a be-sarlo.

—Deja que te demuestre cuánto...

Alyse deslizó una mano hasta la cremallera de los pantalones cortos que vestía Dario y liberó su poderoso miembro de manera que entró en con-tacto con la cálida humedad de su sexo. Lo tomó con firmeza en la mano y un instante después su-mergía su cuerpo en el de Dario, que dejó escapar un gruñido de ronca satisfacción.

—¿Te parece que me estás chantajeando? —mur-muró Alyse en un tono casi lascivo, cargado de in-tensidad, de deseo—. ¿Te lo parece?

Pero Dario estaba ya más allá de las palabras. Tan solo fue capaz de mover su morena cabeza en respuesta mientras ella empezaba deslizarse arriba y abajo con él dentro. Se contuvo unos intensos momentos, hasta que dejó escapar un gemido de completa rendición y tomó entre sus manos el rostro de Alyse para besarla apasionadamente.

Capítulo 10

DARIO masculló una maldición tras volver a leer el correo.

¿Cómo era posible que el tiempo hubiera volado tan rápido? Nunca le había sucedido nada parecido.

La reunión que acababan de recordarle con aquel correo había sido planeada meses atrás, antes de la boda, incluso antes de que conociera a Alyse. Era el motivo por el que estaba en Londres cuando se enteró de los planes de Marcus para chantajearla.

Pero aquello fue antes de la noche del baile. La noche de Alyse. La noche que lo desestabilizó por completo. La prueba de ello era que había olvidado aquella reunión. Pero él nunca olvidaba nada. Y mucho menos algo como aquello.

Tras soltar un nuevo exabrupto, confirmó su asistencia en otro correo y pulsó el botón de enviar. Aquella reunión era importante, y debía asistir, pero lo que realmente importaba era el asunto con su padre, y cuanto antes lo dejara zanjado, mejor.

—Deberías preparar tu equipaje después del desayuno.

Alyse recibió aquella orden desde el otro extremo de la mesa. El desayuno solía ser su momento favorito del día, pero algo había cambiado aquella mañana. Dario se había levantado antes de lo habitual y cuando ella había acudido a la terraza lo había encontrado vestido formalmente con una camisa azul y unos pantalones negros. En contraste con su informal vestimenta de los días pasados, casi parecía una armadura.

–¿Oh? –Alyse detuvo en el aire la cucharada de yogur que estaba a punto de llevarse a la boca–. ¿Por qué?

–Vamos a volver a Inglaterra –contestó Dario sin apartar la mirada del portátil que tenía delante.

–¿Así como así?

–Tengo asuntos que atender.

Aquello era completamente razonable, pero Alyse no pudo evitar sentirse repentinamente inquieta. Sabía que aquel idilio en Villa D'Oro no podía durar para siempre, de manera que, ¿por qué sintió de repente mariposas en su estómago? El yogur tampoco sabía como las demás mañanas. Lo cierto era que llevaba un par de días sin sentir apenas apetito, lo que, unido al anuncio de Dario, hizo que se sintiera aún peor.

–De acuerdo –asintió–. Enseguida me pongo a ello.

–Bien. El coche pasará a recogernos a las diez.

Una vez de vuelta en el dormitorio, Alyse trató de ocuparse con efectividad de su equipaje, pero

lo cierto era que no tenía ninguna gana de hacerlo.
Lo que quería era seguir allí, porque allí al menos
estaba en casa de Dario. Allí podían vivir la ilusión
de un matrimonio real. Si volvían a Londres, las
cosas cambiarían. Dario dejaría de ser el hombre
que era bajo el sol de La Toscana. Se centraría en
su trabajo mientras ella se instalaba en su enorme
apartamento como una mujer mantenida. Pero lo
peor de todo era que tendría que convencer a todo
el mundo de que era una mujer feliz y de que estaban totalmente enamorados el uno del otro.

Lo primero resultaría fácil, pero, incluso aunque
Dario interpretara bien su papel, ella sabría que
solo estaba actuando.

Temía que el regreso a Londres supusiera el fin.
Pero desde el principio había sido inevitable que,
una vez concluida la «luna de miel», la realidad volviera a implantarse.

«Te he ofrecido matrimonio, no mi compromiso
y devoción para toda la vida».

Las palabras de Dario regresaron a perseguirla.
Aquello no era un matrimonio real, de manera que,
inevitablemente, debía terminar algún día. ¿Pero
cuándo? ¿Cuánto tiempo querría Dario seguir tenién-
dola a su lado, en su cama, en su vida? Hasta que se
cansara de ella. ¿Pero cómo iba a saber cuándo se
había cansado de ella? ¿Y cómo reaccionaría cuando
sucediera?

Aquel pensamiento le produjo unas inesperadas
náuseas.

–¡Ya basta! –se dijo con firmeza. Dario le había dicho que preparara el equipaje, y si entraba y la encontraba sentada en la cama, contemplando el suelo, querría saber qué le pasaba, y no podía decírselo.

Haciendo un esfuerzo por entrar en acción, se puso en pie y empezó a sacar su ropa del armario.

A pesar de su brevedad, el vuelo a Inglaterra resultó un auténtico infierno. Desde el momento en que el avión de Dario despegó hasta que aterrizó, Alyse tuvo que hacer verdaderos esfuerzos para que no se le notara el mareo. Para empeorar las cosas, había empezado a sospechar que podía haber una inquietante explicación para lo que le estaba sucediendo, una explicación que pareció absorber la poca energía que le quedaba y la mantuvo en silencio hasta que, finalmente, llegaron al apartamento.

–Voy a tener que volver a salir –dijo Dario apenas habían entrado–. Lo siento, pero es inevitable.

Aquel «lo siento» habría sonado más convincente si no hubiera estado ya encaminándose hacia la salida, pero para Alyse supuso un alivio verle irse. Antes del vuelo había utilizado como excusa la necesidad de comprar unos analgésicos para prevenir una posible migraña y había entrado en una farmacia para comprar un test de embarazo.

En cuanto la puerta se cerró a espaldas de Dario, fue directamente al baño y sacó del fondo de su bolso el test, que abrió con manos temblorosas. Tenía que enterarse de la verdad.

«No me van las familias».

¿Por qué tenía que recordar precisamente en aquel momento las palabras de Dario y la convicción con que las pronunciaba? Sabía que a Dario no le iban las familias, ¿pero quién podía culparlo después de cómo se habían comportado su padre y su hermanastro?

Los tres minutos de espera se hicieron eternos. Trató de distraerse caminando de un lado a otro, entrando y saliendo del baño, abriendo cajones sin mirar lo que había dentro, hasta que, finalmente, llegó el momento de la verdad.

—Oh...

La conmoción hizo que se le nublara la vista al ver el resultado de la prueba en la tira, que se le cayó de entre los dedos y acabó aterrizando en el interior del último cajón que había abierto. Al ir a recogerla se fijó en los papeles sobre los que había caído.

—No...

El nombre de Henry Kavanaugh que aparecía impreso en la parte superior de la hoja que tomó saltó a sus ojos de inmediato. ¿Por qué habría escrito el padre de Dario al hijo que había abandonado para luego ignorarlo cuando este trató de ponerse en contacto con él, de romper las barreras que había entre ellos? De hecho había dos cartas en el cajón, pero Alyse fue incapaz de pensar en la segunda cuando se fijó en la fecha de la primera, lo que la dejó sin aliento.

Aquella carta había sido escrita antes de la boda. Antes de que Dario se hiciera cargo de las deudas de su padre. Antes de que le propusiera un matrimonio de conveniencia. Pero ella ni siquiera había llegado a imaginar hasta qué punto había sido «conveniente» para él. Creía que Dario le había ofrecido salvar a sus padres a causa de lo mucho que la deseaba, pero lo cierto era que había algo que deseaba mucho más, algo que ella nunca habría podido llegar a ofrecerle... pero que él podía conseguir utilizándola.

Había llegado a creer que con Dario se había encontrado a sí misma, su libertad, pero lo cierto era que Dario se había limitado a utilizarla, a engañarla y traicionarla desde el principio hasta el fin. Y aquel era el engaño más cruel de todos. La peor mentira.

La última mentira, se juró en silencio mientras volvía a dejar la carta en el cajón y tomaba la tira para constatar lo que ya sabía.

Estaba embarazada.

Embarazada.

–Oh, no, oh, no... ¡no, no!

–¿Oh no qué?

Alyse dio un respingo, sobresaltada. No había escuchado cómo se abría la puerta del apartamento, pero la voz que escuchó a sus espaldas era inconfundible. Dario había vuelto.

–No he podido irme... Sabía que algo andaba mal. ¿De qué se trata, Alyse? ¿Qué diablos está pasando?

Capítulo 11

ESTOY embarazada.

A Alyse no se le ocurrió otra forma de responder. Además ¿por qué andarse con disimulos?

A partir de aquel momento quería la verdad. Solo la verdad.

–Estoy embarazada... –repitió en un tono muy diferente, maravillado.

El silencio fue la única respuesta a sus espaldas, pero Alyse no se atrevió a darse la vuelta para ver la expresión de Dario. Finalmente oyó cómo respiraba temblorosamente y volvía a soltar al aire.

–¿Estás segura?

Alyse giró sobre sí misma para mirarlo.

–¡Por supuesto que estoy segura! Sé leer –agitó la mano en que sujetaba la prueba y se la dio a Dario para que la viera por sí mismo–. *Embarazada*. Eso es lo que pone. Voy a tener un hijo tuyo, Dario... y si vas a preguntarme que cómo es posible...

–No voy a preguntártelo –dijo Dario en un tono carente de toda emoción–. Sé muy bien cómo te quedaste embarazada. ¿Pero cuándo? ¿La noche anterior a la migraña?

–O después... cuando bajé a la terraza –era ridículo ruborizarse aún por aquello, pero las mejillas de Alyse enrojecieron visiblemente–. Llevaba dos días sin tomar la píldora.

Fue entonces cuando sedujo a Dario a plena luz del sol sin pensar en las posibles consecuencias. Consecuencias que acababan de hacerse muy reales.

Aquello era en lo último en que había pensado Dario después de notar que algo andaba mal. Y daba igual cómo o cuando se hubiera quedado embarazada Alyse. Lo único que importaba en aquellos momentos era saber qué iban a hacer al respecto.

Pero tan solo lograba pensar en el hecho de que Alyse estaba embarazada. Bajó la mirada hacia su estómago, hacia las curvas de sus caderas, ceñidas por la tela de los vaqueros con que había viajado. Como era lógico, aún no había el más mínimo indicio del embarazo.

¿Cómo era posible que algo totalmente invisible le hubiera producido tal impacto? Se sentía como si acabaran de golpearlo con un mazo en la cabeza.

–Esa ocasión fue muy especial... –murmuró, y vio que Alyse entreabría sus deliciosos labios para decir algo, aunque no lo hizo. ¿Creería que no estaba diciendo la verdad? ¿Cómo era posible que lo dudara si él se había excitado al instante tan solo con el recuerdo?

–Pero ya sé... que no te interesan los lazos familiares.

Dario había estado tan seguro cuando dijo aquello... Y aún lo pensaba, al menos en lo relacionado con los miembros de su familia. Pero una familia suya, una familia creada entre Alyse y él... Siempre había tratado de asegurarse de que aquello no llegara a suceder, de manera que no sabía exactamente cómo reaccionar.

«No me interesan las familias».

Iba a ser padre.

¿Pero qué sabía él de ser padre después del ejemplo que había tenido? ¿No era aquello algo que se aprendía por imitación, viendo cómo se había comportado el propio padre?

Se estremeció ante la mera idea de parecerse al hombre que se había comportado con su madre como si tan solo hubiera sido su donante de esperma.

No sabía qué hacer, cómo reaccionar, pero era evidente que Alyse se sentía tan desconcertada como él con lo sucedido.

–Yo... –empezó a decir, pero el momento de duda se había prolongado ya demasiado y Alyse se apresuró a interrumpirlo.

–Pero no te preocupes. No pienso pedirte nada.

Si Alyse esperaba apaciguar así a Dario, no podía haber estado más equivocada.

–No necesitas pedírmelo –replicó él con frialdad–. Sé cuál es mi deber. Recibes una mensualidad desde que nos casamos... aunque aún no he visto indicios de cómo gastas el dinero –añadió a la vez que deslizaba un mirada gélida por los gastados pantalones y la blusa roja que vestía Alyse.

Pensar que Dario consideraba que todo lo que había hecho por ella había sido cumplir con su deber fue más de lo que Alyse pudo soportar.

–¿Por qué iba a necesitar algo de ti? No hay nada en lo que pueda gastar el dinero. Me has regalado ropa y joyas de sobra, he vivido en una lujosa villa en La Toscana, ahora estamos en un fantástico ático en Londres...

Alyse se quedó en silencio, con los brazos extendidos, señalando a su alrededor. Dario nunca había puesto una fecha límite a su matrimonio de conveniencia, ¿pero sería posible que hubiera llegado tan pronto? No había duda de que la noticia que acababa de darle iba en contra de todo lo que él quería de la vida. Y, como acababa de revelarle aquella atroz carta, no era ella precisamente lo que Dario quería de la vida. Ella tan solo había sido un medio para conseguir lo que quería de su padre: reconocimiento y venganza.

–He comido más de lo que necesito, he viajado... –continuó con amargura mientras veía cómo fruncía Dario sus negras cejas–. ¿Qué más podría necesitar?

–Teníamos un contrato.

–Lo teníamos –eso era todo lo que tenían, reconoció Alyse, desolada. Y ella era una estúpida por haberse permitido considerar cualquier otra posibilidad–. Y tengo intención de mantenerlo, pero un hijo... en el contrato no decía nada de un hijo...

–¡Al diablo con el contrato! –exclamó Dario–. A menos que... –de pronto se interrumpió y fijó una mirada de acero en el rostro de Alyse. Ella alzó la barbilla con expresión retadora, tratando de ocultar los agónicos sentimientos que la embargaban–. Espero que no estuvieras pensando en abortar.

–¡Oh, no! ¡Claro que no! –exclamó Alyse conmocionada ante la furia del tono de Dario. Pero en realidad no le extrañó su furia, sobre todo teniendo en cuenta que la carta que acababa de leer dejaba bien claro que un hijo formaba parte del otro contrato... el que Dario tenía con su diabólico padre–. Pero no hay ninguna cláusula en nuestro contrato respecto a un hijo. Esa posibilidad no se mencionaba en nuestro acuerdo prenupcial...

Alyse se llevó una mano a la boca al considerar una terrible posibilidad. ¿Habría olvidado Dario deliberadamente utilizar un preservativo cuando lo hizo? Alyse era consciente de que dejarlo le desgarraría el corazón, pero peor aún sería permanecer con Dario sabiendo por qué la había buscado, por qué se había casado con ella.

–No tienes que seguir casado conmigo solo por hacer lo correcto debido a mi embarazo –logró decir a pesar de la fría mano que atenazaba su corazón–. Puedo arreglármelas por mi cuenta.

–¿Y cómo te las arreglarás? Has dejado tu trabajo. Yo me ocuparé de las necesidades del niño, por supuesto...

Por supuesto. Dario querría que se le viera cumpliendo su deber con el bebé.

–Y tú conservarás tu manutención.

–¿Estás diciendo que conservaré la mensualidad que me das aun después de convertirme en tu exesposa?

–¿Exesposa? –repitió Dario con gesto de incredulidad–. Este matrimonio no se ha acabado. No vamos a separarnos. ¡No pienso permitir que te vayas!

Alyse pensó que resultaba irónico que aquellas fueran las palabras que más habría deseado escuchar solo unas horas antes, que se habría derretido si Dario le hubiera dicho que quería que su matrimonio siguiera adelante...

–Por supuesto que no –dijo en tono ácido–. Eso no te serviría, ¿verdad? Así nunca satisfarías las pretensiones de tu padre.

–¿Qué diablos tiene que ver mi padre con...?

–No querrá pagar por una exesposa y un hijo, ¿verdad? No cuando lo que quiere es un matrimonio respetable y un nieto legítimo. Tienes que darle todo lo que te pida, o de lo contrario nunca podrás incorporarte a la Casa Kavanaugh... al hogar familiar.

Alyse notó que Dario volvía la mirada de inmediato hacia el cajón que aún seguía abierto con la carta de Henry Kavanaugh a la vista.

–La carta –murmuró.

Alyse había oído mencionar alguna vez lo cercanas que podían llegar a ser las emociones del amor y el odio. Nunca lo había creído posible, pero en aquellos momentos pudo comprenderlo. Tenía ante sí a Dario, el asombroso hombre del que se había enamorado perdidamente, pero también era el hombre que la había traicionado. Le había mentido y la había utilizado para conseguir lo que quería, como habían hecho sus padres. Y lo odiaba por ello.

–Sí, la carta. La carta que te envió tu padre antes de que me pidieras que me casara contigo. ¿Recuerdas lo que pone, o tengo que recordártelo?

Dario no necesitaba que le recordaran lo que decía la carta. Era la carta que había puesto en marcha todo aquello, que le había hecho comprender que había un modo de lograr algo más que frustrar los planes de Marcus para casarse con Alyse y así cumplir los deseos de su padre, que también podía quedarse con las propiedades de la familia y con la Casa Kavanaugh como recompensa.

Fue la carta que le hizo acudir a casa de los padres de Alyse el día que descubrió el lío financiero en que se había metido su padre. El lío del que pensaba aprovecharse Marcus para forzar a Alyse a casarse con él.

Fue la carta que sugería una posible reconciliación, o al menos el reconocimiento de que Henry Kavanaugh era su padre. Incluso recibiría el hogar familiar si, en lugar de su hermano, él se ocupaba de hacer realidad los sueños de su padre. Aquello era algo con lo que había soñado su madre hasta el día de su muerte.

–Mi pa... Kavanaugh me escribió para decirme que había cambiado su testamento. Me ofreció reconocerme como hijo suyo.

–Además de poner delante de tus narices una bonita zanahoria con la forma de la Casa Kavanaugh.

–No era eso lo que yo quería.

–¿Ah, no?

El tono escéptico de Alyse fue cortante como un cuchillo, sobre todo porque Dario no podía negarlo. Tenía que reconocer que la idea de fastidiar a Marcus de aquel modo, de heredar lo que más deseaba su hermanastro, le pareció en su momento una forma perfecta de vengarse.

Al menos se lo pareció entonces.

–¿Cómo puedes decir que no era lo que más deseabas? –continuó Alyse–. ¿Acaso no me contaste que tu madre hizo todo lo posible año tras año para lograr que tu padre te reconociera, que llegaste a hacer una fortuna con la esperanza de que te reconociera como su hijo, o al menos de que reconociera tu existencia?

–Sí.

Dario tampoco podía negar aquello, porque era lo que más había deseado. Pero en aquellos momentos sus deseos parecían muy lejanos.

–Quería todo eso –o al menos lo había querido. Había vivido tanto tiempo con aquella terrible sensación de vacío en su interior que creía haber encontrado por fin una forma de colmarla.

–¿Y quieres este hijo? –preguntó Alyse a la vez

que se llevaba instintivamente la mano al vientre–. ¿Lo quieres?

–¡Maldita seas! ¡Claro que lo quiero! –exclamó Dario. Era posible que no supiera cómo ser padre, pero de lo que estaba seguro era de que aquel bebé, su bebé, nunca se sentiría abandonado y no deseado, como le sucedió a él.

–¿Porque así conseguirás lo que siempre has querido?

–Sí.

Dario comprendió demasiado tarde que su respuesta podía ser interpretada de un modo muy diferente a lo que había pretendido decir. Desafortunadamente, Alyse había encontrado aquella carta justo cuando él acudía a ver a su padre para decirle que no quería saber nada más de sus maquinaciones.

–No –dijo Alyse con fría determinación–. Ahora reclamas a este niño, ahora sí te interesa la «familia». Pero tienes que saber que jamás permitiré que mi bebé sea utilizado como moneda de cambio, como hizo tu padre contigo y como quiere hacer ahora. Pero no te preocupes, Dario. No voy a impedir que veas a tu hijo, si es lo que quieres.

–Si... ¿Acaso puedes dudarlo?

–Sí puedo. No te interesa el rollo familiar, ¿recuerdas?

–Fui en estúpido por decir eso... –empezó Dario, pero Alyse no le estaba escuchando.

–Pero lo haré por ti. Podrás ver a tu hijo y estar con él siempre que quieras. Pero no puedes tenerme a mí. Ni siquiera como tu exesposa.

Aquellas palabras fueron como una bofetada para Dario. Creía que Alyse lo estaba probando, que quería comprobar hasta qué punto estaba dispuesto a comprometerse con su hijo. No había imaginado ni por un momento que ya se estaba viendo como su ex.

–No puedes tenerme a mí –repitió Alyse–. Aspiro a más que esto. A algo más que la mensualidad que me ofreces.

–Si quieres más dinero, no hay problema. ¿Cuánto...?

–No quiero más dinero, Dario –interrumpió Alyse secamente–. No quiero nada de ti. Ojalá pudiera devolverte el dinero que utilizaste para pagar las deudas de mis padres. Pero me temo que en ese sentido siempre estaré en deuda contigo.

–¿No se te ha ocurrido pensar que ya has saldado esa «deuda» conmigo? –Dario pronunció la palabra «deuda» como si estuviera envenenada.

–¿Y por qué iba a pensar eso? –preguntó Alyse con el ceño fruncido.

–Si de verdad quieres hacer un balance entre el dinero pagado y los beneficios recibidos...

Alyse de quedó boquiabierta, incapaz de creer lo que estaba sugiriendo Dario.

–¿Estás diciendo realmente que, por breve que haya sido, nuestro matrimonio ha reducido en parte la deuda? ¿Y cuánto consideras que he pagado ya?

La torva expresión de Dario habría bastado para acallar a cualquiera, pero no a Alyse en aquellos momentos. La mortal mezcla de dolor y rabia que sentía en su interior no le permitieron echar el freno.

–Veamos... ¿cuánto tiempo llevamos casados? ¿Cuatro meses? ¿Y cuántas veces a la semana habremos hecho el... habremos tenido sexo? ¿Diez, once? Eso son unas ciento cincuenta veces. Así que ¿cuánto habré ganado por noche?

–Yo no pienso así.

–Pues tal vez haya llegado el momento de que lo hagas. Porque necesito saber qué parte de mi deuda he saldado. Seguro que puedes hacer una estimación rápida –el dolor que estaba experimentando Alyse ardió como ácido en su garganta–. ¿Cuánto sueles pagar normalmente a tus prostitutas?

Dario se puso lívido al escuchar aquello.

–Para tu información, no tengo relación con prostitutas. Siempre he valorado a las mujeres con las que he estado y ellas siempre han estado de acuerdo en cómo eran las cosas. Pero tú...

Asombrosamente, Dario parecía haber perdido el control de su respiración. Algo le hizo interrumpirse y agitar con fuerza la cabeza antes de inspirar profundamente para poder seguir hablando.

–Tú eres demasiado cara. Tu precio es demasiado alto.

Alyse sintió que todas sus esperanzas se desmoronaban a su alrededor y se rompían en mil pedazos a sus pies. Sus absurdos e ingenuos sueños le habían llenado la cabeza de fantasías. Había olvidado la realidad de aquel matrimonio. Había tratado de sortear de puntillas y con una venda en los ojos la única verdad de todo aquello: que Darío no la amaba.

«Tu precio es demasiado alto».

Él mismo se había ocupado de advertírselo, de manera que ¿por qué le dolía tanto comprender que había hablado en serio?

–Tienes razón. Ahora no podrías permitirte pagar por mí. Quiero algo más que un hombre que se ha casado conmigo por los beneficios que pueda obtener...

–¡Yo te deseaba!

–También quiero algo más que eso. Me he pasado la vida siendo utilizada por los demás, y eso ya se ha acabado... –las lágrimas que atenazaban la garganta de Alyse no le permitieron continuar.

Si Darío hubiera dicho algo en aquellos momentos, tal vez habría surtido algún efecto, pero, en lugar de ello, permaneció en silencio, sin el más mínimo rastro de emoción en el rostro.

–Esto se ha acabado –logró repetir Alyse–. Se ha acabado para siempre.

El silencio que siguió a sus palabras se hizo casi palpable. Alyse se preguntó si la frialdad de la vida de Darío, de sus pensamientos, de su corazón, habrían acabado por congelarlo. ¿Pero qué podía decir? No había hecho nada por negar sus acusaciones, no había manifestado ningún sentimiento, ni siquiera había tratado de interrumpirla, de decir algo...

–Sí.

Aquella única palabra fue toda la respuesta que dio.

Y justo en aquel momento llamaron a la puerta del apartamento, que aún seguía entornada.

–Disculpen...

Jose, el chófer de Dario, había estado esperando a que este volviera a bajar para indicarle a dónde ir, pero, después de esperar todo aquel rato, había decidido aprovechar el tiempo subiendo el equipaje. Dejó las maletas de Alyse y de Dario en el suelo.

–¿Las llevo a...?

–No, Jose –interrumpió Alyse–. ¿Te importa volver a bajar mi maleta al coche? –miró a Dario y notó en la tensión de su rostro el esfuerzo que estaba haciendo por controlarse–. ¿Te importa que me lleve Jose?

–¿Adónde vas? –preguntó Dario en un tono de completo desinterés.

–No lo sé. Pero ya te avisaré. Te he prometido que podrás ver a tu hijos cuando quieras, y pienso mantener mi promesa.

Alyse se sentía incapaz de seguir, de manera que giró sobre sus talones y se encaminó con firmeza hacia la puerta, seguida de Jose con su equipaje.

Dario pensó que si Alyse dudaba, si se volvía, tal vez sería capaz de abrir la boca para decir algo que le hiciera cambiar de opinión. ¿Pero qué habría podido decirle? No habría podido negar su acusación de haberla utilizado para tratar de conseguir lo que quería. Aquello era totalmente cierto... o al menos lo había sido al principio. Y no podía contradecir la declaración de Alyse de que aquello había terminado y no podía volver a suceder. Eso era lo que él quería. Era como debían ser las cosas. No más mentiras. Nunca más.

De manera que aquel último «sí» que había pronunciado había sido la única respuesta posible. A menos que pudiera encontrar algo que pudiera sustituir a aquel monosílabo. Por que tenía que encontrar algún modo de solucionar aquello, o sería incapaz de encarar el resto de su futuro.

A solas en el silencio del apartamento, en la terrible sensación de vacío que siguió a la marcha de Alyse, se hizo final y totalmente consciente de lo que había pasado, de lo mucho que había perdido.

Capítulo 12

QUÉ haces aquí?

Alyse no podía creer que Dario se hubiera presentado allí. No era posible que recordara que tenía una amiga llamada Rose, y menos aún que supiera dónde vivía.

–¿Cómo has logrado encontrarme?

–Primero pensé en ir a buscarte a casa de tus padres, pero enseguida comprendí que lo último que habrías hecho habría sido ir allí –la voz de Dario sonó más grave de lo habitual. Una incipiente barba cubría sus mejillas y tenía unas marcadas ojeras. Alyse había comprobado aquella mañana en el espejo que tenía muy mala cara, pero estaba claro que la de Dario era aún peor–. Así que le he preguntado a Jose dónde te llevó. He venido a traerte esto –añadió a la vez que alzaba una mano en la sostenía lo que parecía un documento.

–No...

Alyse tuvo que admitir que en su corazón había habido un pálpito de esperanza cuando había visto a Dario, pero aquella esperanza se transformó directamente en unas horribles náuseas cuando vio el documento que le estaba ofreciendo. Estaba se-

gura de que lo único que había llevado a Dario
hasta su puerta había sido el sentido del deber con
su hijo y con ella como madre de este. Y aquello
era más de lo que se sentía capaz de soportar.

–¿Puedo pasar?

Consciente de que no podía darle con la puerta
en las narices, Alyse se apartó para dejarle entrar.
Dario le ofreció de nuevo el documento.

–¡No lo quiero! –dijo ella a la vez que negaba
firmemente con la cabeza–. Ya has hecho suficiente. Más que suficiente. Sea lo que sea, no lo
quiero.

Le había destrozado tener que dejar a Dario.
Apenas había tenido tiempo de recuperarse y de
pronto se presentaba a verla.

–No puedo costarte más –añadió, haciendo verdaderos esfuerzos por mantener la compostura.

–Claro que puedes. Tienes que costarme más.

Conmocionada, Alyse se dio cuenta de que no
era el enfado lo que había afectado tanto a Dario.
No había furia en sus ojos, sino algo inquietante-
mente parecido al dolor. ¿Pero qué lo había cau-
sado?

–No puedo... –Alyse se interrumpió cuando Dario le puso el documento de nuevo delante–. ¿Pero
qué...?

Dario se limitó a seguir sosteniendo los papeles
ante ella. Alyse bajó la mirada y empezó a leer. Incapaz de creer lo que estaba viendo, alzó un momento la mirada, pero enseguida tomó los papeles
en sus manos para seguir leyendo.

–¿Pero qué...? –repitió–. Dario, esto son...

–Las escrituras de Villa D'Oro –concluyó Dario por ella–. La transferencia legal a tu nombre de la propiedad.

Alyse comprendió entonces a qué se refería diciendo que le había costado demasiado. Le estaba entregando su casa, la casa que había comprado en memoria de su madre. Solo pudo imaginar el esfuerzo que tendría que haberle costado hacer aquello.

–No puedo aceptar.

–Puedes y debes. ¿Para qué necesito yo una casa tan grande? Lo único que haría sería deambular por ella como un fantasma. Pero tú y el bebé necesitaréis un hogar.

Alyse tuvo que apoyarse contra la pared que tenía a sus espaldas al escuchar la entonación con que Dario pronunció aquella última palabra.

–Casa Kavanaugh... –dijo con voz estrangulada. ¿Estaría separándose Dario de la villa porque ya se había hecho legalmente con Casa Kavanaugh?

Dario esperaba aquello, pero odió escuchar aquel nombre en labios de Alyse, saber que la maligna influencia de su padre había llegado tan lejos.

–No –dijo con firmeza–. Maldita sea, Alyse. No. Hace tiempo que mi padre no tiene nada que ver con todo esto. Desde el día en que nos casamos.

Era evidente que Alyse necesitaba algo más que aquello, y estaba deseando dárselo.

–Admito que cuando supe que mi padre quería que te convirtieras en su nuera, que anhelaba tanto una conexión con tu familia que estaba dispuesto a compensar por ello a Marcus entregándole en vida una parte importante de su fortuna, me empeñé en desbaratar sus planes. Cuando recibí una carta suya ofreciendo reconocerme como hijo si era yo el que se casaba contigo, admito que me sentí tentado... –Dario agitó su oscura cabeza como asqueado por su propia debilidad–. Pero después de la boda no quise saber nada más de todo aquello, ni de mi padre. Lo último que quería ahora sería llevar el apellido de ese miserable. Puedes sospechar que solo me estoy separando de la villa porque me he hecho con las posesiones de los Kavanaugh, pero no podrías estar más equivocada. Tengo que darte Villa D'Oro porque no puedo vivir allí. No sin ti. Si tú no estás deja de ser un hogar. Sin ti se convierte tan solo en unas señas, en un lugar sin alma, sin corazón. Tú eres el corazón de Villa D'Oro. Tú transformaste esa casa en un hogar y sin ti siempre estará vacía.

Algo en la expresión de Alyse animó a Dario a dar un paso hacia ella.

–En cuanto a Henry, no quiero ni necesito nada de él. Sea lo que sea lo que quiera ofrecerme, el precio no merece la pena. No soy un Kavanaugh. Soy Dario Olivero. Ese era el apellido de mi madre, y ese es el apellido que espero que lleve mi hijo.

Increíblemente, Dario estaba mostrándose dominado por sus emociones. Por primera vez, Alyse vio como perdía el control, como luchaba por recuperar la compostura, por seguir adelante.

–Para Henry tú solo eres un título y la madre de su nieto, pero tú eres mucho más que eso. Vales infinitamente más que eso. Y jamás valoraremos a nuestro hijo por lo que aporte o deje de aportar a nuestra familia.

–¿Nuestra familia? –repitió Alyse, perpleja–. No tenemos una familia, Dario. Lo único que tenemos es un acuerdo económico en el que pagaste por lo que querías... –el nudo que sentía en la garganta le impidió seguir hablando.

–¿Por lo que quería? –Dario repitió aquellas palabras como si fueran venenosas.

Alyse no lograba comprender el motivo de la repentina aspereza de su tono.

–Pagaste para tenerme en tu cama...

Alyse se interrumpió al ver que Dario sacaba otro documento de su bolsillo, un documento que reconoció en cuanto se lo entregó. Pero no necesitaba leerlo. Era el acuerdo prenupcial que firmó antes de la boda. Parecía imposible que solo hubieran pasado cuatro meses desde entonces.

–Sé que nunca llegaste a leerlo del todo, así que léelo ahora –dijo Dario con firmeza.

Mirándolo, Alyse supo que habría sido absurdo negarse, de manera que lo leyó una vez... y volvió a leerlo por segunda vez porque no podía creer lo que estaba leyendo. ¿Había firmado ella aquello?

Pero al final del documento estaba su firma junto a la de Dario, haciéndolo legal, atándola a él.

Porque, aparte de la formalidad de la boda, lo único que verdaderamente importaba en aquel documento eran las cosas a las que obligaba a Dario.

Alyse había creído que Dario había exigido que se casara con él para compartir su cama, para que se convirtiera en su amante, y que aquellas eran las condiciones que había incluido en el acuerdo. Pero no era así.

–Tú... solo querías casarte conmigo –dijo, conmocionada–. Tú solo...

El contrato solo la obligaba a casarse con él, a adoptar su apellido. Dario no había puesto por escrito que debía compartir su cama, que debía ofrecerle su cuerpo. Ella había dado por sentado que aquella era una condición imprescindible para que él aceptara pagar la deuda de su padre.

–Me casé contigo porque te deseaba, Alyse. También es cierto que quería ver a mi padre y a mi maldito hermanastro derrotados. Y quería asegurarme de que Marcus no pusiera sus sucias manos sobre ti. Pero no quería comprarte como si fueras una carísima prostituta. Te quería en mi cama, pero tú debías acudir a ella por voluntad propia. Jamás he forzado a una mujer en mi vida, y no tenía intención de empezar con mi esposa, aunque solo te casaras conmigo porque iba a pagar la deuda de tu familia.

–No... No... Me casé contigo porque yo también te deseaba. ¡Fuiste tú el que insistió en que nos casáramos!

Alyse estuvo a punto de romper a reír al ver la expresión avergonzada de Dario. Pero se detuvo al comprender el significado de aquella expresión.

–Es cierto –reconoció Dario–. Creía que solo obtendría el reconocimiento de mi padre si me casaba contigo, pero esa ilusión se desmoronó el día de nuestra boda, a la que esperaba que asistiera.

«No me interesan las familias». Las palabras que había dicho Dario cuando salieron de la iglesia resonaron en el interior de la cabeza de Alyse junto con la amarga y terrible desilusión que ocultaban.

–No sé nada sobre familias –añadió Dario, tenso–. Pero contigo descubrí que quería intentarlo...

Alyse no podía creer lo que estaba escuchando. Tenía que estar equivocada. No era posible que Dario hubiera dicho...

–Pero... ¿cuándo...?

–La primera noche en la villa –respondió Dario sin dudarlo, mirándola con expresión de ruego–. Pude decírtelo entonces. Debí hacerlo... pero sabía que entonces nunca querría dejarte ir –no había duda de la firmeza de su tono, de la fuerza de su convicción–. Pero no sabía cómo definir lo que sentía...

–Y... ¿ahora? –preguntó Alyse con un hilo de voz.

–Ahora sé que es amor. Estoy enamorado de ti. Te amo tanto que no soporto que pienses tan solo que pagué para meterte en mi cama. Te necesito en mi vida. Quiero tenerte en mi vida para siempre, como amante, como esposa, como madre de mi hijo.

–Pero tú... –empezó Alyse, pero se interrumpió

cuando Dario la tomó de las manos y las sujetó con cálida firmeza contra su pecho.

—No lo digas —rogó—. No me recuerdes lo estúpido que he sido, lo ignorante e insensible que he podido llegar a parecerte. No sabía nada de lo que es una familia. Solo sabía que tenía que ser algo más que la nada que llegó a tener mi madre con mi padre, que tenía que haber algo más que los meros lazos de sangre que me unían involuntariamente a Henry y Marcus.

—¡Ellos no son tu familia! —dijo Alyse con pasión, incapaz de soportar pensar en cómo lo habían tratado.

—Lo sé. Yo quería la clase de familia que tú tenías. La clase de familia en que el marido quiere tanto a su mujer que es capaz de arriesgarse a ir a la cárcel por salvarla, y con una hija dispuesta a renunciar a una importante parte de su vida por ayudarlos a ambos. Eso era lo que quería.

—¿En serio?

—En serio —afirmó Dario—. Y también comprendí que una familia no se puede encargar, no se puede comprar, por mucho que estés dispuesto a pagar por ella. Tiene que crecer y surgir espontáneamente para ser real. Esa semilla empezó a crecer en mí cuando hicimos el amor por primera vez. Y siguió creciendo el día de la terraza.

—Estaba dentro de ti antes de eso —dijo Alyse con suavidad—. Estaba ahí cuando me cuidaste, cuando te ocupaste de mí durante la migraña, para bien o para mal...

Dario sonrió al recordar.

—Todo eso nos ha llevado hasta hoy, hasta el bebé —dijo a la vez que apoyaba una mano con delicadeza en el vientre de Alyse—. Ahora nuestro hijo será amado por sí mismo, por ser quién es, no por lo que pueda aportar a nuestro matrimonio. Te quiero por ti misma, y siempre será así. No tengo ni idea de cómo ser padre, pero trataré de ser el mejor papá posible. No sé nada de familias, pero sé que quiero aprender. Contigo.

—Y yo también quiero intentarlo —dijo Alyse con profunda y emocionada convicción—. Con el hombre al que amo, que eres tú, con el padre de mi hijo.

Alyse se inclinó hacia Dario para que la besara y experimentó una sensación de verdadera felicidad al recibir el beso más largo y conmovedor que le habían dado en su vida. Entre los brazos de su amado se sentía a salvo, segura, y no quería abandonarlos nunca.

—Deja que te diga algo —susurró—. Yo en realidad tampoco se cómo construir una familia, pero sí sé que aprenderemos juntos, y que la nuestra será una familia auténtica. Y también sé que nadie podría pedir más de la vida —añadió antes de entregarse a un nuevo beso entre los brazos del hombre al que amaba con todo su corazón.

Su ansia de venganza se transformó en ansia de pasión

Durante más de una década, Nicandro Santos, heredero de una famosa firma de diamantes, había vivido con el único propósito de infiltrarse en Q Virtus, un club exclusivamente masculino, y arruinar a su líder, Zeus.

Lo que Nicandro no sabía era que Olympia Merisi, la hija de su enemigo, era quien estaba al mando. Olympia tenía sus motivos para mantener a Nicandro cerca, y no estaba dispuesta a detenerse ante nada para proteger lo que era suyo. Pero ¿qué sucedería si el frente de batalla se difuminara y se adentraran en un terreno más peligroso... y sensual?

Más allá de la venganza

Victoria Parker